新潮文庫

ゲーテ詩集

高橋健二訳

新潮社版

180

まえがき

ゲーテの作品は豊富多彩をきわめているが、彼の真髄はやはりその叙情詩にある。その戯曲や小説も叙情性が大きな魅力になっている。だが、彼の詩業は狭い意味の叙情詩に限られず、物語詩、思想詩、哀歌、ソネット、格言詩、等々あらゆる詩野に及んでいる。従って、ゲーテの詩集は、つきざる泉にも、無限な鉱脈にも比較される。数巻にわたるその詩集には、接するごとに、こんな美しい詩があったのかと、たえず新しい発見をして驚かされるのである。また、親しみ慣れた詩でさえも、味わい直すごとに、新しい美しさと響きと意味とを見いだして、大きな喜びを覚えるのである。そこには、純情の恋あり、哀切の涙あり、激情のたぎるあり、知恵の深く澄めるあり、寸鉄の言あり、悲しくまたおかしき物語も乏しからずというふうで、まことに書物の中の書物といっても、だれか過言なりととがめよう。それだけに、質量ともに豊富なゲーテの詩を小さいわくにはめこむことは非常に困難であるが、他面から言うと、それほど多種多彩多量であればこそ、かえって抜粋が必要であり、有意義であるとも言えるのである。ゲーテの詩を一度に全部味わうというようなことは、不可能だからである。

それでここには、叙情詩を中心として、物語詩、思想詩などの代表的なものを、年代順に排列し、ゲーテの生活を背後に感じつつ、この宝庫を味わい得るようにした。

なおこの訳詩集について多くのことばを費やす代りに、ゲーテがその詩集の序として書いた詩(一七九九年作)をかかげておきたい。

心やさしき人々に

詩人は沈黙することを好まない。
あまたの人々に自分を見せようとする。
賞賛と非難とは覚悟の前だ!
だれも散文でざんげするのは好まないが、
詩神の静かな森の中でわれわれはしげしげと
バラの花かげに隠れて、こっそり心を打明ける。

わたしが迷い、努め、
悩み、生きたことのくさぐさが、
ここでは花たばをなす花に過ぎない。
老いも若さも、
あやまちも徳も、
歌ともなれば、捨て難《がた》く見える。

An die Günstigen

目次

青年時代（ライプチヒ、フランクフルト、シュトラースブルク。一七六五―七一年）

ヴェルテル時代（フランクフルト、ヴェッツラー。一七七一―七五年）

イタリア旅行以後（ワイマル。一七八八―一八一三年）

「西東詩編」からと、その後（ハイデルベルク、ワイマル。一八一四―三二年）

解説　高橋健二

ゲーテ詩集

青年時代

（ライプチヒ、フランクフルト、シュトラースブルク。一七六五――七一年）

わが歌に

可憐《かれん》なる小さき歌よ、
わが喜びのあかしよ。
あわれ、きょうこの頃《ごろ》の春の時
行きては帰ることあらじ。

わが歌よ、なれを歌いきかせし
戯《たわむ》れの友もやがて去り行かん。
あわれ、わが心もやがて
恋しき人のために泣かん。

されど別れの悲しみの後、
かの人の目、なれに注がれなば、
かの人も過ぎし日の喜びを思わん、

われらを結びよみがえらせし日の喜びを。

An meine Lieder

婚礼の夜

宴《うたげ》から離れた寝室で
恋の神《アモル》がお前のそばを離れずに、
いたずらなお客のたくらみが
花嫁の床の平和を乱さぬように、心を砕いている。
彼の前にはあおざめた金色の焰《ほのお》が、
神秘に神聖な微光を放っている、
香の煙のうず巻きが部屋に立ちこめている、
お前たちの楽しみを高めるように。
客の騒ぎを遠ざける時計の音に

お前の胸の高鳴りようは！
美しい口を求めてお前の血は燃え上がる。
その口はすぐに黙って何ひとつ拒まない。
お前は最後の仕上げをするために
花嫁と一緒に急ぎ神殿に入る。
番人が手に持ったいまつの火は
まくらもとの明りのように静かに小さくなる。

お前の数知れぬキスのため
花嫁の胸とふくよかな顔のふるえようは！
お前の大胆さは花婿《はなむこ》のつとめとなるので、
花嫁のつつしみはふるえに変る。
手早くアモルが手伝って花嫁の着物をぬがせるが、
お前がぬぐ早さの半分にも及ばない。
それから恋の神はいたずらっ子らしく、
またつつましく両の眼をかたく閉じる。

幸福と夢

Brautnacht

お前はたびたび夢に見た、
ふたりが一緒に祭壇の前に行くのを、
お前は妻として、私は夫として。
お前が心を許している時に、
私はたびたび抜け目なく、
思う存分お前の口にキスをした。

ふたりの味わった、いとも清らな幸福は、
折り折りの豊かに溢《あふ》れるよろこびは、
歓楽の時のように消え去った。
歓楽も何になろう？
燃えるキスも夢のように消え失《う》せる。

喜びはみなキスのようなもの。

Glück und Traum

喜び

泉のほとり、
色どりあやに飛ぶとんぼ。
私はもう長いこと見とれている。
濃くなったり淡《うす》くなったり、
カメレオンのよう、
あるいは赤く、あるいは青く、
あるいは青く、あるいは緑。
ああ、まぢかに寄って
あの色を見たいもの！

すいと飛んでは浮び、少しも休まない。
だが、静かに！　とんぼが柳にとまる。
さあ、捕《つか》まえた、捕まえた！
さてそこでよく見ると、
陰気な暗い青のひと色——
さまざまの喜びを分析するお前も同じ思いを味わうだろう。

Die Freuden

そら死に

お泣きよ、おとめ、ここが恋の神《アモル》のお墓です。
アモルはここでわけもなく、ふとしたことで死にました。
だけどほんとに死んだのか。それは怪しい、アモルは
ふとしたことでわけもなく目を覚ますのが常だから。

Scheintod

川べにて

流れ行け、いとしく懐《なつか》しき歌よ、
忘却の海原《うなばら》へ流れ行け！
心も空になれを歌うわらべもなし、
花の盛りのおとめにも歌われじ。

なれはただわが恋人をのみ歌いき。
されど今かの人はわが真心を嘲《あざけ》る。
わが歌は流るる水にしるされぬ。
さらば水と共にぞ流れ行く。

Am Flusse

金の首飾りに添えて

この手紙が小さい鎖をおとどけします。
しなやかに曲ることが巧みで、
百千《ももち》の小さい環《わ》でもって
そなたの首にまつわりたがっています。

かわいい愚か者の願いをかなえてやって下さい。
まったくあどけなくつつましい願いです。
昼間はささやかな飾りとなり、
晩にはまたそなたに投げ出される。

けれど、だれかが、もっと重くきつく締める
鎖を、そなたのところにとどけても、
私は悪くは思いません、リゼッテよ、

そなたがちょっとわきまえを持ってくれるなら。

Mit einem goldnen Halskettchen

わかれ

口では言えないお別れを
この目で言わせてもらいます！
忍びよもないこのつらさ！
日ごろはきついわたしだが。

恋のこよないかたみさえ、
今は悲しいやるせない。
その口づけの冷たさは。
たよりない手の握りよう。

そっとぬすんだ口づけに
日ごろはうっとりしたものを！
春三月に摘みとった
すみれのうれしささながらに。

お前のために今はもう
バラも花輪も摘みませぬ。
春とはいえど、恋人よ、
この身に悲しい秋の空！

Der Abschied

めくら鬼

おお、かわいいテレーゼ！
お前は目をあけるとすぐに

意地悪な目つきになる！
それだのに、目かくしされると、
お前はすぐさまわたしを見つけた。
なぜ余人ならぬわたしを捕まえたの？

お前はわたしをしっかり捕まえて
なかなか放さないので、わたしは
お前のひざの中に倒れた。
お前の目かくしが取られると、
楽しみはすっかり消え失《う》せて、
盲《めしい》にされたわたしをお前はすげなく突き放した。

盲はあっちこっちと手さぐりし、
手足の節もはずれそう。
盲はみんなのなぶりもの。
お前がわたしを愛してくれぬなら、

わたしは、目かくしされたように、
いつもふさいで歩いてる。

Blinde Kuh

＊

私がお前を愛しているかどうか、私は知らない。
ただ一度お前の顔を見さえすれば、
お前の目の中をただ一度見さえすれば、
私の心は悩みの跡かたもなくなる。
どんなにうれしい気もちかは、神さまだけが知っている。
私がお前を愛しているかどうか、私は知らない。

Ob ich dich liebe……

＊

灰色な曇った朝が

懐《なつか》しい野畑を包んでいる。
私をかこむ世界は
深いもやにとざされている。
おお愛らしいフリーデリケよ、
そなたのもとに帰れたら！
そなたのまなざしの一つにも
日の光と幸福とが宿っている。

私の名前とそなたの名前の
並んで刻まれている木が、
喜びを吹き払う情けない
風のためにあおざめる。
草原の緑の微光も
私の顔のように曇る。
木も草原ももう太陽を見ない。
そして私はフリーデリケを見ない。

やがて私はブドウ山の中に入り、
ブドウの房をとり入れる。
身のまわりは生命に満ち、
新しいブドウ酒がわき立つ。
だが、味気ないあずま屋で私は、
ああ、そなたがいたならばと思う。
このブドウの房を持って行ったら、
あの人は——何をくれるだろう。

Ein grauer, trüber Morgen……

会《お》う瀬と別れ

胸はときめく、急ぎ馬に！
思うより早く立ち出《い》でぬ。

夕べははや大地を眠らせぬ。
山々には夜のとばりかかり、
かしの木はもやをまといて、
雲つく巨人のごとく立てり。
そのあたりの茂みより
数知れぬ黒き目もてやみはうかがえり。

月は、山かとまがう雲の間より
狭霧《さぎり》を分けて悲しげにのぞけり。
風は軽き翼を振るいて
わが耳もとに恐ろしき音を立てぬ。
夜のやみにものみな怪物のごとく見ゆれど、
わが心は生き生きと楽しかりき。
わが血管には何たる火！
わが胸には何たる熱！

君を見たれば、やさしき喜び
その甘きまなざしよりわが上に流れ来ぬ。
わが心は残りなく君がかたえにあり、
わが息吹《いぶき》も君を思わぬはなかりき。
バラ色の春の空あい
君が愛らしき面《おも》ざしを包みぬ。
わがために君が示せる優しさは、おお神々よ、
わが望みを越え、わが分に過ぎたり。

されど、ああすでに朝の日のぼりて
別れの悲しみわが胸をしめつけぬ。
君が口づけには喜び溢《あふ》るれども、
君がまなざしには深き苦しみの宿れり。
立ち出ずれば、たたずめる君は目を打伏せ、
うるむ目もてわれを見送りぬ。
されど――愛さるるは何たる幸福ぞ！

神々よ、愛するは何たる幸福ぞ！

Willkommen und Abschied

色どられたリボンに添えて

小さい花と花びらを
やさしい若い春の神々が
軽い手つきで戯《たわむ》れながら
私の薄ぎぬのリボンの上にまく。

そよ風よ、これを翼にのせて
私の愛する人の着物にからませよ！
すると彼女はいそいそと
鏡の前に立って行く。

バラに包まれた自分を見れば
自分もバラのように若やいでいる。
たったひと目を、いとしい人よ！
それで私は満足だ。

この胸の思いを汲《く》みとって
ためらわずその手をお出し。
そしてふたりを結ぶこのひもは、
弱いバラのひもではないように。

Mit einem gemalten Band

＊

すぐにまたリクヘンに会える。
すぐに私はあの人を抱ける。
私の歌は元気よく踊る、

甘い甘いメロディーにつれて。

ああ、あの人が私の歌を歌った時、
何と美しく聞えたことだろう！
長い間、私は歌わなかった、
ほんとに長い間、いとしい恋人よ。

私のおとめが私を捨てて行くと、
深い苦しみに悩まされ、
胸の中のほんとの悲しみは
歌にはならないのだから。

だが、今こそ私は歌う、
甘い清い喜びに溢《あふ》れて。
そうだ、この賜物《たまもの》だけは譲らない。
僧院の甘いブドウ酒と引きかえにだって。

Bald seh' ich Rickchen……

五月の歌
（なんと目ざめるばかりに）

なんと目ざめるばかりに
自然の照りはえていることよ！
なんと太陽の輝いていることよ！
なんと野原のはなやぎ笑っていることよ！

枝という枝から
花がきそって咲き出《い》でる。
茂みの中からは
数知れぬ歌ごえが。

胸という胸からは

よろこびがわき溢《あふ》れる。
おお大地よ、おお太陽よ！
おお幸福よ、おお楽しさよ！

おお愛よ、おお愛よ！
あの山にかかっている
朝の雲のように、
黄金《こがね》なすその美しさよ！

お前ははなやかに祝福する
さわやかな野や畑を、
かぐわしい花がすみに
包まれた天地を。

おおおとめよ、おとめよ、
どんなに私はお前を愛してることだろう！

どんなにお前の目の輝いてることだろう！
どんなにお前は私を愛してることだろう！

歌と空とを愛する
ひばりのこころにも似て、
空のかおりを愛する
朝の花のこころにも似て、

私はお前を愛する、
あつい血をたぎらせて。
お前は私に青春と
喜びとはずむ心を与えてくれる。

新しい歌と踊りに
私のこころははずむ。
いつまでも幸福であれ、

お前が私を愛する限り!

Mailied. Wie herrlich......

*

目ざめよ、フリーデリケ、
夜を追い払え、
そなたのまなざしの一つで
朝になるものを。
鳥たちの穏やかなささやきが
愛らしく呼んでいる、
わがいとしき妹よ、
覚めよと。

あかつきのおぼつかない光が
ほの赤くそなたの部屋に

ふるえながらさしこむだけで、
そなたの目を覚まさせない。
そなたのために動悸《どうき》する
きょうだいの胸によって
そなたは、夜が明けるほど
一層深く眠りこむ。

そなたは眠っていて、
うぐいすの音を聞きもらした。
そのつぐないに、さあ
私の歌を聞きなさい。
だけど、歌の面倒な約束が
私の胸に重くのしかかっている。
そなたという、絶えて美しい
歌の女神《めがみ》が——まだ眠っているのだもの。

Erwache, Friederike......

野の小バラ

わらべは見つけた、小バラの咲くを、
野に咲く小バラ。
若く目ざめる美しさ、
近く見ようとかけよって、
心うれしくながめたり。
小バラよ、小バラよ、あかい小バラよ、
野に咲く小バラ。

わらべは言った「お前を折るよ、
野に咲く小バラ！」
小バラは言った「私は刺します、
いつも私を忘れぬように。
めったに折られぬ私です」

小バラよ、小バラよ、あかい小バラよ、
野に咲く小バラ。

けれども手折《たお》った手荒いわらべ、
野に咲く小バラ。
小バラは防ぎ刺したれど、
泣き声、ため息、かいもなく、
折られてしまった、是非もなく。
小バラよ、小バラよ、あかい小バラよ、
野に咲く小バラ。

Heidenröslein

ヴェルテル時代

（フランクフルト、ヴェッツラー。

一七七一――七五年）

すみれ

野に咲くすみれ、
うなだれて、草かげに。
やさしきすみれ。
うら若き羊飼の女、
心も空に足かろく、
歌を歌いつ
野を来れば。

「ああ」と、切《せつ》ない思いのすみれそう。
「ああ、ほんのしばしでも、
野原で一番美しい花になれたなら、
やさしい人に摘みとられ
胸におしつけられたなら、

ああ、ああ
ほんのひと時でも」

ああ、さあれ、ああ、娘は来たれど、
すみれに心をとめずして
あわれ、すみれはふみにじられ、
倒れて息たえぬ。されど、すみれは喜ぶよう。
「こうして死んでも、私は
あの方の、あの方の
足もとで死ぬの」

Das Veilchen

作　者

わが友、読者よ！

君なくば、
我はそも何ぞ！
感ずるところみな独りごとに終り、
わが喜びもことばを知らず。

Der Autor

クリステル

そこはかとなくうらぶれて暗く
重い気もちになることがよくあるが、
わたしのクリステルのそばにいると、
何もかもまたよくなる。
どこにいてもあの人の姿が見える。
どうして、どこで、いつ、
なぜ、あの人がわたしの気に入ったのか、

わたしには皆目わからない。

いたずらっこらしい暗い目、
その上の黒いまゆ、
たった一度でもそれを見ると、
わたしの心は晴れる。
こんなかわいい口と
かわいく丸いほおをした娘がいようか。
ああ、その上、丸味を帯びた乳房《ちぶさ》がある。
それを見れば、だれも見あきはしない。

それから軽やかなドイツ踊りで
あの人を抱けたら、
ぐるぐるときびきびまわれ、
なんともいえない気もちになる。
あの人が上気し、よろめくと、

わたしはすぐさまこの胸と腕に
抱いて揺すってやる。
わたしは王様になったような気もちだ。

そしてあの人が愛のまなざしをわたしに向け、
何もかもすっかり忘れてしまったら、
その時はこの胸に押しつけ
心ゆくまでキスしてやるがよい。
そしたら背筋から
足の親指までぞっとなる。
わたしは非常に弱くて、非常に強い、
非常にうれしく、非常に悲しい。

そこでわたしの望みはますますつのり、
時のたつのも忘れてしまう。
夜もあの人のそばにいられたら、

夜のこわさも忘れるだろう。
いつかあの人を抱いて
はやる心をしずめたい。
それでも悩みが消えぬなら、
あの人の胸で死にもしよう。

Christel

新しいアマディス

まだ子供だったころ、
わたしは一室に閉じこめられた。
そこで何年もの間、
母の胎内にでもいるように、
ひとり思いにふけっていた。

だが、お前はわたしのよいなぐさみだった。
金色の空想よ！
わたしは、ピピイ王子にも似た
情熱の勇士になって
世界を遍歴した。

数多くの水晶の城を築いては
またそれをくずした。
きらめく投げやりを
竜《りゅう》の腹に突きさした。
全く、わたしはあっぱれな男子だった！

それから騎士らしく雄々しくも
フィッシュ姫を救い出した。
姫はいともねんごろに
わたしを食卓に導いて下さった。

わたしはいんぎんに振舞った。

姫の口づけは神々のパンの味がし、
ブドウ酒のように燃えた。
ああ！　わたしは死なんばかりに恋いこがれた。
姫は身のまわりに太陽の光を浴びて、
七宝《しっぽう》のように輝いていた。

ああ！　あの空想を奪い去ったのはだれだ！
魔法のひもも、早く逃げて行く空想を
引きとめることはできなかったのか。
言っておくれ！　空想の国はどこにあるのか。
そこへ行く道はどこにあるのか。

Der neue Amadis

不実な若者

したたかものの若僧で
フランスがえりのほやほやが、
頼りない身の小娘を
さんざん抱いたりさすったり、
愛撫《あいぶ》をしげく重ねては
婿《むこ》どの気どりでふざけたあげく、
とうとう見すてて知らぬ顔。

とびいろ髪の小娘は
聞くより早く正気をなくし、
泣いて笑って祈ってのろい、
そのまま息を引取った。
娘の死んだその時刻、

若者は髪もさか立つぉびえよう、
馬に飛びのり駆け出した。

めったやたらに拍車をあてて
四方八方乗りまわし、
行きつもどりつ、ここかしこ
息つくひまもあらばこそ
七日七晩走りづめ。
いなずま、かみなり、はためくあらし、
溢《あふ》れながれる大出水《おおでみず》。

いなずま、おかして
廃屋めざし乗りすすめ、
馬をつないで、はいこんで、
小さくなって雨やどり。
手さぐりしつつ感づくほどに

おのが足もと大地がえぐれ、
数百尺も落ちこんだ。

我に帰ってふと見れば
しのび寄り来る三つのあかり。
元気を出していざって行けば、
あかりは遠くに逃げて行き、
かなたこなたと引きまわす、
上りつ下りつ、はしご段、狭い廊下や
朽ちてすさんだ穴ぐらや。

突然大きな広間に出ると、
居ならぶお客が数百人。
くぼんだ目に歯をむき出して
一緒に笑いつ、うたげに招く。
見ればお客の末席に

白かたびらのあの娘。
娘はじろりと振りむいた――

Der untreue Knabe

ツーレの王

むかしツーレに王ありき。
契《ちぎ》りをかえぬこの王に
妹《いも》は、黄金《こがね》の杯を
のこして、あわれみまかりぬ。

こよなき宝とめでたまい、
干《ほ》しけり、うたげのたびごとに。
この杯を干すたびに
涙はひとみに溢《あふ》れたり。

王、死ぬる日の近づくや、
国の町々数えては
世つぎの御子《みこ》に与えしが、
杯のみは留めおきぬ。

王はうたげに坐《ざ》してけり
武士《もののふ》、まわりに居ならびて。
海のほとりの城の上、
祖先をしのぶ大広間。

老いにし王は飲みほしき、
これを限りの命の火。
いとも尊き杯を
海にぞ王は投げてける。

落ちて傾き、海ふかく
沈み行くをば見送りぬ。
王は眼を打伏せて
飲まずなりにき、しずくだに。

Der König in Thule

*

心の落着き失《う》せて
胸は重し。
尋ぬとも、そは
帰らず、ついに。

君いまさねば
いずこも墓場。
世はあげて、

この身ににがし。
あわれ、わが頭
狂えり。
あわれ、わが心
千々に砕けぬ。

心の落着き失せて
胸は重し。
尋ぬとも、そは
帰らず、ついに。

窓より見るは
ただ君が姿。
家を出《い》ずるも
ただ君を求めて。

君がおおしき歩み、
気高き姿、
口もとのほほえみ、
まなざしの力。

君がことばの
妙《たえ》なる流れ、
わが手とりたもう御手《おんて》、
ああ、君が口づけよ！

心の落着き失せて
胸は重し。
尋ぬとも、そは
帰らず、ついに。

わが胸は
君を慕いこがる。
ああ、君を
抱《いだ》きとめ、

心みつるまで
口づけせばや。
君が口づけに
絶え入りぬとも！

Meine Ruh' ist hin……

ガニメート

朝の輝きのうちに、なんじは
わが身辺をあかあかと照らすかな、
春よ、恋人よ！

限りなき愛の歓喜をもって
わが心に迫るかな、
なんじの永遠なる熱の
聖なる感情は、
はてしなき美よ！
汝《なんじ》を捕えばや、
この胸に！

ああなんじが胸に身を横たえ、
われは焦《こ》がれなやむ、
なんじの花、なんじの草、
わが胸に迫り来たる。
愛らしき朝風よ！
なんじは、わが胸の
燃ゆる渇《かわ》きをいやす。

朝霧の谷間よりうぐいすの
したわしげにわれを呼ぶ。
行かばやな、行かばやな！
さあれ、いずこへ？　ああ、いずこへ？

上へ！　上へと促さる。
雲は漂い下り、
あくがるる愛に向い、
下り来たる、
わが方へ！　わが方へ！
なんじらの懐《ふとこ》ろに抱かれて
上へ！
抱きつ、抱かれつ！
なんじの胸へ、
あまねく愛する父よ！

Ganymed

専門家と熱情家

ひとりの友だちを若い娘の所へ連れて行った。
たのしませてやろうと思ったのだ。
何の不足があろう、喜びは充分味わえるはずだ。
ういういしく若くて熱い命だもの。
娘は寝床に腰かけて
ほお杖《づえ》をついていた。
男はお世辞をふりまきながら
娘の真向いにすわった。
彼は気取って鼻をとがらせ娘を見つめ、
と見、こう見、観察する。
ぼくときた日にゃ、たちまち参って
すっかりのぼせてしまったのに。

親愛なる紳士はお礼心に
ぼくを部屋のすみに連れて行き、
あの娘は余り細すぎる、
それにそばかすがある、と言う。
そこで娘にさようならしたが、
別れる時に、ぼくは空を仰いで嘆息した。
ああ神様、ああ神様、
どうかこの男をおあわれみ下さい、と。

それからぼくは彼を
情熱と精神の溢《あふ》れた画廊へ連れて行った。
そこでも、ぼくはたちまちわけもなく感激し、
すっかり心をかきむしられた。
「おお画家よ！　画家よ！　君らの絵の上に
神の報いあれ」とぼくは大声で叫んだ。
ならびなく美しい花嫁だけが、

君らに対し、ぼくらのため償いをしてくれるのだ。

ところがみたまえ、この紳士は歩きまわって
歯をせせりながら
わが神の御子《みこ》たる天才たちを
カタローグの中に書きつけている。
ぼくの胸はたくさんの世界をはらんで、
一杯になりわくわくした。
ところが彼は、あれは短し、これは長しと、
何でもかでも慎重にはかっていた。

そこで、ぼくは片すみに引っ込んだが、
腸《はらわた》の燃える思いがした。
彼のまわりには大ぜい人が集まって、
くろうとだ、などと持ち上げていた。

Kenner und Enthusiast

プロメートイス

なんじの空をおおえ、ゼウスよ、
雲霧をもって。
またあざみの頭をむしる
少年のごとくに、
かしの木や山の頂になんじの力を振るえ！
されどわが大地に
なんじの触るるを許さず、
なんじの建てしにあらざるわが小屋、
またわがかまど、
その火を、なんじねためども、
みなこれわがものぞ。
太陽の下、なんじら神々より

あわれなるものを我は知らず。
なんじらはささげものや
祈りの息吹《いぶき》によって
なんじらの威厳を
細々と養うにあらずや。
幼な児《ご》や乞食《こじき》のごとき
はかなき望みを抱く痴者なくば、
なんじらは飢えはてしならん。

われ幼なかりしころ、
せんすべも知らずして、
惑えるまなざしを太陽に向けぬ、
そこにこそ、わが嘆きを聞く
耳やあらんかと、
悩めるものをあわれむ心や
わが心にも似て、あらんかと。

おごれる巨人族に対し、
たれかわれを助けしぞ？
死と屈従とより
たれかわれを救いしぞ？
きよく燃ゆるわが心よ、
すべてなんじ自ら果せる業《わざ》ならずや？
しかも、なんじは若くお人よくも、
欺《あざむ》かれつつ、救いの感謝を
天上にて惰眠をむさぼる者に熱烈に述べしか。

なんじを崇《あが》めよというか。何の故《ゆえ》に？
なんじはかつて、重荷を負えるものの
苦痛をやわらげしことありや？
なんじはかつて、悩めるものの
涙をしずめしことありや？

われを男子に鍛えしものは、
わが主にしてなんじの主なる
全能の時と、
久遠《くおん》の運命《さだめ》ならずや？

はなやかなる夢の
みのらざりしものあればとて、
わが生を憎みて
荒野にのがれよと、
なんじはさかしらに言うや？

われはここに坐《ざ》し、人間をつくる、
わが姿に似せて、
われに等しき一族をつくる。
われに等しく苦しみ泣き
楽しみまた喜ぶ一族を――

またわれに等しく
なんじを崇めざる一族を！

Prometheus

新しい恋、新しいいのち

心よ、わが心よ、どうしたというのか。
何がお前をそのように圧《お》しつけるのか。
なんという異様の新しいいのち。
今までのお前の面影《おもかげ》はもはや見るよしもない。
お前の愛していたものは皆消え失《う》せた。
お前を悲しませていたものも消え失せた。
お前の努力も、お前の安らけさも——
ああ、いかなればとてかく変り果てたのか。

お前を限りない力でつなぎ留めるのは、
あの若々しい花の姿か、
あのいとおしい人の姿か、
真心とやさしい心に満ちたあのまなざしか。
ひと思いにあの人から離れ、
逃げ去ろうと心を励ましても、
たちまちに私の足は
ああ、あの人の方へともどって行く。

断つによしない
この魔法の細糸で、
愛くるしい快活な娘は
私を否応《いやおう》なしに縛ってしまう。
娘の魔法の環《わ》にとらえられ
私のいのちは娘の思いのままだ。
変りようの、ああ、なんという大きさ!

恋よ、恋よ！　私を解き放してくれ！

Neue Liebe, neues Leben

愛するベリンデへ

なぜお前は私を否応《いやおう》なしに引き入れるのか、
ああ、あのはなやかさの中に？
若い私は寂しい夜ひとりいても
あんなに幸福ではなかったか。

こっそり小さな部屋に閉じこもって
月の光を浴びて横たわり、
心おののかすその光に包まれて
私はうとうととまどろむのだった。

そのとき夢みたのは、濁りのない喜びの
満ち足りた金色《こんじき》の時のことだった。
その時もう私はお前のいとしい姿を
この胸の奥ふかく刻んだのだった。

明りまばゆいカルタ机にお前のために
引きとめられている私は昔の私だろうか。
たまらない人たちの目の前に
しげしげと引きすえられる私は？

野に咲く春の花も今はもう
お前ほど私をひきつけはしない。
天使よ、お前のいる所にこそ愛と情けはあるものを。
お前のいるところにこそ自然もあるものを。

An Belinden

山から

もしも、愛するリリーよ、お前を愛していなかったら、
このながめは私にどんな喜びを与えてくれるだろう！
だが、もしも私が、リリーよ、お前を愛していなかったら、
ここかしこに幸福を見出《みいだ》すことができようか。

Vom Berge

悲しみの喜び

な干《かわ》きそ、な干きそ、
永久《とわ》なる恋の涙よ！
半ば干ける目にこそは
いかばかり世の荒《すさ》み果てて見ゆる！

な干きそ、な干きそ、
幸《さち》なき恋の涙よ！

Wonne der Wehmut

ワイマルに入りて

（一七七五―一七八六年）

首にかけていたハート
形の金メダルに

消え去りし喜びの思い出よ、
お前を私は今もなお首にかけている。
お前は心のきづなより長く私たちふたりをつなぐのか。
お前は愛の短かった日を長くしてくれるのか。

リリーよ、私はそなたからのがれる！
だが、やはりそなたのきづなにつながれて
見知らぬ国や遠い谷や森をさすらわねばならない。
ああ、リリーの心はそんなに早く
私の心から離れることはできなかった。

捕われた鳥が糸を切って

森へ帰る時、
捕われの恥のしるしに
なおしばし糸きれを引きずって行く。
その鳥はもう、自由に生れた昔の鳥ではない、
だれかのものになったことがあるのだ。

An ein goldnes Herz, das er am Halse trug

狩りうどの夕べの歌

猟銃にたまをこめ、野をしのび行く、
はげしい心に静けさを装って。
すると、懐《なつか》しいそなたの姿が、
そなたの愛らしい姿がはっきりと目に浮ぶ。
そなたは今し静かに心もなごやかに

野を過ぎ、懐しい谷を越えてそぞろ歩み行く。
ああ、たちまちに消え去る私の姿は
そなたの目にはうつらないのか。

そなたに捨てられたればこそ、
心たのしまず、いらだたしくも、
東に西に世をあまねく
さすらい歩くこの身の姿。

そなたを思えば、
月をのぞき見るような心地して、
静かな平和に満たされる、
何ゆえか自分にはわからないが。

Jägers Abendlied

＊

空気と光と
そして友だちの愛！
これだけ残っていたら、
弱り切ってしまうな。

Nur Luft und Licht......

リリー・シェーネマンへ

やさしい谷間に、雪におおわれた丘に
あなたの面影《おもかげ》はいつも私の身近にありました。
私をめぐりあなたの面影が明るい雲の中に
漂うのが見えました。
それは私の心の中にひそんでいたのです。

抑え難《がた》い力で心が心を引きよせるのを――
そうして、愛がむなしく愛からのがれるのを、
私はここにいて感じます。

An Lili Schönemann

旅びとの夜の歌
（空より来たりて）

空より来たりて、
なべての悩みと苦しみをしずめ、
二倍にも哀れなるものを
二倍にもよみがえらしむる甘き和《なご》みよ、
ああ、世のいとなみに我は疲れたり！
なべての苦しみも喜びも何かはせん。
甘き和《なご》みよ、

来たれ、ああ、来たれ、わが胸に！

Wandrers Nachtlied. Der du von……

憩《いこ》いなき恋ごころ

雪と雨と
風をおかして
うち煙る狭間《はざま》を
霧をつきて
先へ、先へ
休みなく、憩いなく。
うつし身の喜びを
数多く甘んずるよりは、
悩みをば

うちしのぎて行かん。
心より心を
恋うるこの思いこそ、
ああ、いうよしもなき
痛みをぞ生む。

いかに、のがれよと、のたもうや？
森の方へ行くべきか。
すべてこれせんかたなし。
恋ごころこそ、
うつし身のたからならずや、
その幸《さち》は憩いなくとも。

Rastlose Liebe

シュタイン夫人へ

（ああ、そなたの）

ああ、そなたの変りなき慕わしさよ、
そなたにとりても変らぬわれなりしか！
いな、この真実を
われははや疑わず。
ああ、そなた、近くにあれば、
そなたを恋うべからずと感ず。
ああ、そなた遠くにあれば、
我いとも深くそなたを恋うるを感ず。

An Charlotte v. Stein. Ach, wie bist du……

裁《さば》きの庭で

この胎内の子が
だれの子だかは申し上げませぬ。
ぺっ！　この売女《ばいた》めが、とつばをお吐きになりますが、
私は堅気な女でございます。

だれと私がねんごろにしたかは申し上げませぬ。
私の大切な方はかわいい人でございました。
金の鎖を首につるしている身分でありましょうと、
麦わら帽子をかぶる農夫でありましょうと。

嘲《あざけ》りや侮《あなど》りを忍ばねばならぬのでしたら、
私ひとりで忍びます。
私はあの方をよく存じ、あの方も私をよく存じています。

それは神様もよくご承知でございます。
牧師さま、お役人さま、
どうぞ私を捨てておいて下さいまし！
これはどこどこまでも私の子でございます。
それは皆さま方も何となされようもありませぬ。

Vor Gericht

省察

ああ、人は何を願うべきか。
じっとしていた方がよいか。
しっかり自分を守っていた方がよいか。
それとも活動する方がよいか。
ささやかながら自分の家を建てるべきか。

それともテントの下に住むべきか。
岩をたのみとすべきか。
かたい岩でさえゆらぐものを。

一つのことがだれにでもあてはまりはしない。
めいめい自分のすることに注意せよ。
めいめい自分のいるところに注意せよ。
立っている者は倒れないように注意せよ。

Beherzigung

月に寄す

おぼろなる光もて静かに
おん身は再び茂みと谷間をみたし、
ようやくわが心を

なべての煩《わずら》いより解き放つ。
わが緑の園におん身は
なごやかに光をひろぐ、
親しき友のまなざしのやさしく
わが運命の上に注がるるごとく。

楽しくまた悲しかりし時の
名残《なご》りの音わが胸にひびけば、
喜びと苦しみのこもごも至る中を
ただひとりわれはさまよう。

流れよ、流れよ、懐《なつか》しき川よ！
わが心たのむことあらじ、
戯《たわむ》れも口づけも
真心もはかなく消え去りぬ。

われもまた一たびは
絶えて貴きものを持ちたり！
そを忘るるよしなければこそ
心の悩み切なれ！

水音もさやに、川よ、谷ぞいに、
休まず憩《いこ》わず流れよかし！
水音もさやに、わが歌に
よき調べささやけよかし！

冬の夜になんじたけりて
水のあふれみなぎる時、
さてはまた春の若芽の装いを
めぐりて尽きず水の流るる時。

憎しみの心をもたず
世に遠ざかり、
ひとりの友を胸に抱き
ただこの友とともに

人々に知られず
真意をはからるることなく
かかる月夜に心の迷路を
通り行く思いを楽しむ者は幸いなるかな。

An den Mond

いましめ

いや遠くさまよい出《い》でんとするか。
見よ、善きことはまこと近きにあり。

幸福をとらえる術《すべ》を知れ、
幸福は常に手近にあれば。
Erinnerung

遠く離れた恋人に

では、やっぱり私はお前をほんとになくしてしまったのか。
おお、美しい人よ、お前は私からのがれ去ったのか。
なつかしい声を聞き慣れたこの耳には今もなお、
お前のことばの一つ一つ、声音《こわね》の一つ一つが響いている。

頭の上高く広い青空に上って、
すがたも見せず、ひばりの歌う時、
旅びとのまなざしが朝空の中を
むなしく見入るのと同じように、

私のまなざしも切なげにそこかしことなく
野辺《のべ》や茂みや森をくまなく探す。
私の歌はどれもこれもお前を呼んでいる。
おお、いとしいものよ、私のもとに帰って来ておくれ！

An die Entfernte

漁　夫

水は高鳴り、盛り上がる。
漁夫ひとり、岸辺に坐《ざ》して
浮標《うき》を見まもりてあれば、
心静かに胸も冷えたり。
坐しては、うかがうほどに、
うしお高まりて割れ、

さわげる水の中より
ぬれたる女うかび出《い》ず。
女は歌いぬ語りぬ、漁夫よとて
「いかなれば、うろくずを
さかしき人のたくみもて、
やけ死なん白日の下におびき出だすや。
水底《みなそこ》にある魚のいかばかり
楽しきか、なれ知りもせば、
なれもためらわずおり来たり、
おのが身すこやかに覚えてあらん。

月も日も海に入りては、
よみがえり来たるにあらずや。
波を吸いたるその面《おも》は
一きわはゆる美《うる》わしさならずや。

ぬれては清き青き色の
深きかの空、なれを誘わずや。
水に映れるおのが面、なれを
永遠《とわ》なる露のさ中に誘わずや」

水は高鳴り、盛り上がり、
漁夫の素足をぬらしたり。
かれが心あくがれて高まりぬ、
恋しきひとに呼ばれしごとく。
女は歌いぬ語りぬ、漁夫よとて。
漁夫は心を失いて
引かるるともなく沈みゆき、
姿は見えずなりはてぬ。

Der Fischer

人間性の限界

いとも古き
聖なる父、
おおどかなる手もて、
雷鳴とどろく雲の中より
恵みのいなずまを
大地にまきたまえば、
その御《み》こころものすその一端に
われは口づけす、
幼な児《ご》のごときおそれを
常に胸に抱《いだ》きて。

いかなる人間も
神々と

力をきそうべからず。
もし人、高く伸び上がりて
頭もて星に触れなば、
おぼつかなき足は
踏みしむるところなく、
雲と風に
もてあそばる。

危《あぶ》なげなく
たくましき骨もて、
ゆるぎなき
不変の大地に立てば、
かしの木か
ブドウ樹に
比ぶるも
高さ及ばず。

神々と人間とを
分かつものは何ぞ？
神々の前にては
波さまざまに姿かえて流るれど、
流るるは永劫《えいごう》の大河。
我ら人間は
波にもたげられては
またのみ込まれ、
沈みはて行く。

一つの小さき輪
我らの命を限る。
世々かけて人の族《うから》、
絶ゆることなく
その存在のはてなき

鎖につながる。

Grenzen der Menschheit

水の上の霊の歌

人の心は
水にも似たるかな。
天より来たりて
天に登り、
また下りては
地にかえり、
永劫《えいごう》つきぬめぐりかな。
一筋清く光る流れ、
高くけわしき

絶壁より流れ落ち、
膚《はだ》なめらかなる岩の面《も》に
とび散りては美《うる》わしく
雲の波と漂い、
軽く抱きとられては、
水煙りに包まれつ
さらさらと波立ちつ
谷間に下る。

きりぎしのそびえ、
水の落つるをはばめば、
憤《いきどお》り泡立《あわだ》ち
岩かどより岩かどへ躍り
淵《ふち》へ落つ。
平らなる河床の中せせらぎて、
牧場の間なる谷を忍び行く。

やがて鏡なす湖に入れば、
なべての星、
顔を映し若やぐ。

風こそは
波の愛人。
風こそは水底《みなそこ》より
泡立つ波をまぜかえす。

人の心よ、
げになれは水に似たるかな！
人の運命よ、
げになれは風に似たるかな！

Gesang der Geister über den Wassern

公理

友よ、ルンペンはやはりルンペンだ、
車に乗ろうと馬に乗ろうと歩いていようと。
だからルンペンを信じたもうな、
ルンペンのざんげを信じたもうな。

Axiom

ねがい

おお、美《うる》わしきおとめよ、
黒髪のおとめよ、
窓べに歩みより
露台《ろだい》に立ちたもうか！

そは待つ人のなくてか。
おお、もしわがために立ち、
かけがねをはずしたまわば、
わが幸《さち》はいかばかりならん!
いかばかり急ぎかけ上がりなん!

すげない娘に

Anliegen

君みずや、かのオレンジ?
いまだ木にかかれり。
はや春三月もすぎて
新しき花の咲くを。
木のもとに近より、
われは言いき、オレンジよ、

なれ、熟《う》れしオレンジよ、
なれ、甘きオレンジよ、
わが揺すりに揺すぶるを感ぜずや——
おお、わがひざに落ちよ！

An seine Spröde

千変万化の恋人

魚であったら、よかろうに、
すばやく元気なお魚で。
お前が釣《つり》に来たならば、
すかさず私は釣られよう。
魚であったら、よかろうに、
すばやく元気なお魚で。

お馬であったら、よかろうに、
お前の役に立つだろに。
車であったら、よかろうに、
らくにお前を乗せて行く。
お馬であったら、よかろうに、
お前の役に立つだろに。

金《きん》であったら、よかろうに、
いつもお前にやとわれて、
お前が買物する時は、
すぐに私はかけつける。
金であったら、よかろうに、
いつもお前にやとわれて。

変らぬ心でいたならば、
いとしい人にも飽きはこぬ。

深い契《ちぎ》りを結びもし、
離れて行く気も起らない。
変らぬ心でいたならば、
いとしい人にも飽きはこぬ。

いっそ年とり、しわくちゃで、
心も冷たくなればよい。
たとえつれなくされたとて、
つらい思いもせずにすむ。
いっそ年とり、しわくちゃで、
心も冷たくなればよい。

いたずらずきでひょうきんな
おさるにさっそくなれたなら。
お前が何かに怒ってたら、
私は道化をして見せる。

いたずらずきでひょうきんな
おさるにさっそくなれたなら。
羊のようにおとなしく、
ししのように強くなれたなら。
山ねこのような目が持てて、
きつねのようにちえがあったなら。
羊のようにおとなしく
ししのように強くなれたなら。

たとい私が何であっても、
すっかりお前にささげよう。
王様めいた贈物ぐるみ
私はお前のものになる。
たとい私が何であっても、
すっかりお前にささげよう。

けれども私はやっぱり私、
このままの私を受取っておくれ!
もっとよい人を望みなら、
それを作ってもらうがよい。
けれども私はやっぱり私、
このままの私を受取っておくれ!

Liebhaber in allen Gestalten

旅びとの夜の歌
(山々の頂に)

山々の頂に
憩《いこ》いあり。
木々のこずえに

そよ風の気配もなし。
森に歌う小鳥もなし。
待てよかし、やがて
なれもまた憩わん。

Wandrers Nachtlied. Über allen Gipfeln……

夜の思い

いたましや、不幸なる星よ
美しく、きららに輝き、
行き悩む舟夫《かこ》に行くえを照らしはすれど、
神にも人にも報われもせで。
いましらは恋せず、恋を味わいしこともなければ！
久《く》遠《おん》の時のみ絶えずいましらの群れを
はてなき空に導き行く。

われ、いとしき人の腕に抱かれ、
いましらと夜のふくるを忘れてより、
いましらはいかばかり遠き旅を終えけむ！

Nachtgedanken

立て琴ひき

（孤独に）

孤独になじむ人あらば、
あわれ、やがて独りにならん。
人みなおのがじしいのちと恋を楽しみ、
孤独なる人の痛みを思わず。

さらば、わが苦しみに身を委《ゆだ》ねてん！
ただ一度なりとも、まこと

心ゆくばかり独りとならば、
われは寂しからじ。

いとしきおとめは独りなりやと、
恋する人の忍び寄りてうかがうごとく、
夜となく昼となく、
苦しみは、独りなるこの身に忍び寄る。
なやみは、独りなるこの身に忍び寄る。
ああ、この身いつの日か
おくつきのうちに独りとならば、
苦しみもこの身より遠ざかりてあらん。

Harfenspieler. Wer sich der Einsamkeit……

魔王

あらしの夜半《よわ》に馬を駆《か》るはたれぞ？
いとし子とその父なり。
父は子を腕にかかえ
あたたかくしかとかばえり。

「わが子よ、何とておびえ、顔を隠すぞ？」——

「父上よ、かの魔王を見たまわずや？

かむりを頂き、すそながく引けるを」——

「わが子よ、そは霧のたなびけるなり」


「うまし児《こ》よ、来たれ、共に行かん！

たのしき戯《たわむ》れ、共に遊ばん。

岸べには色とりどりの花咲き、

わが母は黄金《こがね》の衣《きぬ》もてり」――
「父上よ父上よ、聞きたまわずや？
魔王のささやき誘《いざな》うを」――
「心しずめよ、心しずかに、わが子よ、
枯葉に風のさわげるなり」――
「美しきわらべよ、共に行かん！
わが娘ら楽しくそなたをもてなさん。
わが娘ら夜の踊りを舞いめぐりて、
そなたを揺すり踊り歌い眠らせん」――
「父上よ父上よ、かしこの気味悪き所に
魔王の娘らを見たまわずや？」――
「わが子よわが子よ、さやかに見たり、
そは古き柳の灰色に見ゆるなり」――

「愛らしくも心ひくそなたの美しき姿よ。
進みて来ずば、力もて引き行かん」——
「父上よ父上よ、魔王はわれを捕えたり！
魔王はわれをさいなめり！」——

父はおぞけ立ち、馬をせかしぬ。
うめく子を腕にかかえ、
からくも屋敷に着きけるが、
腕の中のいとし子は死にてありき。

Erlkönig

歌びと

「城門の前に聞ゆるは何ぞ？

つり橋の上にひびくは何ぞ？
かの声をわれらが耳近く
広間にてこだませしめよ！」
かく王ののたまえば、小姓は走りぬ。
小姓もどれば、王は叫びぬ、
「その翁《おきな》を招じ入れよ！」
「ごきげんうるわしゅうこそ、気高き殿がたちよ、
ごきげんうるわしゅうこそ、美しき奥がたたちよ！
きら星の輝く空もさながらに！
たれかはおん名を知り申さん？
目もあやに光り輝くこの広間、
目よ、いざ閉じよ。驚きて
目を喜ばす時ならず」
歌びとは目をふさぎて、

調べも高くかなでいでぬ。
騎士はおおしく目を見はり、
あで人ははにかみてうなじ伏せたり。
その歌は王の御感《ぎょかん》に入りたれば、
歌びとのわざをめでんの心より、
黄金《こがね》の鎖をはこばせぬ。

「黄金の鎖、この身には賜うまじ。
たけきかんばせに
敵のやりも砕けん勇士らに、
はたまた君が宰相に、
鎖を贈りたまえかし。
宰相のになう重荷は数あれど、
黄金の重荷を添えたまえ。

この身は歌う、

枝に巣くえる鳥のごと。
のどに溢《あふ》るる歌こそは、
まさるものなき報いなれ。
されど一つの願い請《こ》うべくは、
貴き黄金の杯に
こよなき酒をつぎてかし」

翁は杯、口にあて飲みては乾《ほ》しぬ。
「おお、よみがえる甘き酒！
賜わる酒も数ならぬ君が館《やかた》、
幸《さち》ある上にもいや栄えませ！
幸あらば、しのばせたまえ、この身をば、
また心をこめて神に謝したまえ、
この身の君に謝すごとく」

Der Sänger

立て琴ひき

（涙と共に）

涙と共にパンを食べたことのないものは、
悩ましい夜々を床の上で、
泣き明かしたことのないものは、
おん身たち、天の力を知らない。

おん身たちは私たちをこの世に送り、
哀れな者に罪を重ねさせ、
苦悩にまかせ、かえりみようとしない。
どんな罪でもこの世で報いがある故《ゆえ》に。

Harfenspieler. Wer nie sein Brot......

神　性

人間は気高くあれ、
情けぶかくやさしくあれ！
そのことだけが、
我らの知っている
一切のものと
人間とを区別する。

我ら知らずして
ただほのかに感ずる
より高きものに幸《さち》あれ！
人間はそのより高きものに似よ
人間の実際の振舞いが
それを信じさせるようであれ。

自然は
無感覚なり。
太陽は
善をも悪をも照らし、
月と星は
罪人にもこの上ない善人にも
同様に光り輝く。

風と溢《あふ》るる流れと
雷鳴とあられとは
ざわめきつつ進み、
だれ彼となく捕えては、
急ぎ通り過ぎる。

同じように運命も

人々の中に探りの手を入れ、
少年のけがれない
巻き毛を捕えるかと見れば、
罪を犯せる
はげ頭をも捕える。

永劫不変《えいごうふへん》の
大法則に従い、
我らはみな
我らの生存の
環《わ》をまっとうしなければならぬ。

ただ人間だけが
不可能なことをなし得《う》る。
人間は区別し
選びかつ裁く。

人間は瞬間を
永遠なものにすることもできる。

人間だけが、
善人に報い、
悪人を罰し
癒《いや》し救うことができる。
またすべての惑いさまよえる者を、
結びつけ役立たせる。

我らはあがめる
不滅なものたちを。
彼らも人間であって
最上の人間が小さい形で
なし、あるいは欲《ほっ》することを
大きな形でなすかのように。

気高い人間よ、
情けぶかくやさしくあれ！
うまずたゆまず、
益あるもの正しきものをつくれ。
そしてかのほのかに感ぜられた
より高きもののひな型ともなれ！

Das Göttliche

ミニヨン

（君や知る）

君や知る、レモン花咲く国、
暗き葉かげに黄金《こがね》のオレンジの輝き、
なごやかな風、青空より吹き、

銀梅花《ぎんばいか》は静かに、月桂樹《げっけいじゅ》は高くそびゆ。
君や知る、かしこ。
かなたへ、かなたへ！
君と共に行かまし、あわれ、わがいとしき人よ。

君や知る、かの家。柱ならび屋根高く、
広間は輝き、居間はほの明るく、
大理石像はわが面《おもて》を見つむ、
かなしき子よ、いかなるつらきことのあるや、と。
君や知る、かしこ。
かなたへ、かなたへ！
君と共に行かまし、あわれ、わが頼《たよ》りの君よ。

君や知る、かの山と雲のかけ橋を。
騾馬《らば》は霧の中に道を求め、
洞穴《どうけつ》に住むや古竜《こりゅう》の群れ。

岩は崩れ、滝水に洗わる。
君や知る、かしこ。
かなたへ！　かなたへ！
わが道は行く。あわれ、父上よ、共に行かまし！

Mignon. Kennst du das Land......

会合の問答遊びの答え

淑　女

上流社会と平民社会とを問わず
女の心を喜ばすものは何でしょう？
新しいものであることは確かです。
そのはなやかさはいつも快いものです。
けれども変らぬ心はずっと貴いものです。

それは果実のみのる時になっても、
まだ花で私たちを喜ばせてくれます。

若い紳士

パリスは森や洞穴の中で
ニムフと親しくしていたが、
ツォイスはパリスを苦しめようと、
三人の女神《めがみ》をパリスのもとに送った。
今と昔とを問わず、
女を選ぶのにパリスほど
困ったものはないでしょう。

経験のある男

女にむかってはやさしくすることです。
女が手に入ること請合いです。
すばしっこくて大胆なものは

多分もっとうまく行くでしょう。
しかし相手の心をどんなに刺激しても
平気でいられるようなものは
女の心を傷つけ惑わせます。

満足した男

人間の努力にはさまざまある、
不安と不満にもさまざまある。
またいろいろの宝や
好ましい楽しみも与えられている。
だがこの世の一番大きな幸福と
一番豊かな獲物は
善良な快活な心です。

宮廷道化役

人間どもの愚かな仕業《しわざ》を

日ごとにながめてののしりながら、
他の人たちがばかだと
自分もばかだと思うものは、
粉ひき場に荷を背負って行く
ろば以上のつらさです。
ところで自分の胸に聞いてみるに、
全く、この私めがそうした人間です。

Antworten bei einem gesellschaftlichen Fragespiel

同じ場所でのさまざまな気もち

少　女

あの方を見ましたわ！
その気もちといったら？

ああ、うっとりするまなざし！
あの方が近づいて来ると、
私はどぎまぎして道をよけ
ふらふらとあとずさりする。
私はまどい、夢心地《ゆめごこち》！
ねえ、岩や木立《こだち》よ、
私の喜びを隠しておくれ、
私の幸福を隠しておくれ！

若　者

あの娘はきっとここにいる！
ここに隠れるのを、ぼくは見た。
この目でちゃんと見とどけた。
あの娘はぼくの方に向って来、
それからどぎまぎして
真っ赤になって、あともどりした。

望みがあるかしら、夢かしら？
ねえ、岩や木立よ、
最愛の人を見つけておくれ！
私の幸福を見つけておくれ！

やつれ悶《もだ》える男

露の輝く朝に向って
私の孤独な運命を
ここに隠れて私は嘆く。
みんなに理解されず、
私はこの片すみに、
そっと引っ込んでいる。
おお、やさしい心よ、
おお、黙っていよ、隠していよ、
この永遠の悩みを！
お前の幸福を隠していよ！

猟　師

きょうは運がよくて
いつもの倍も獲物があって、
骨折りがいもあったわけ。
正直なしもべの私は
野うさぎや、しゃこを
どっさり積んで持ち帰る。
ここにはおまけに鳥までが
網にかかってとれている
狩りうど万歳！
狩りの幸運万歳だ！

Verschiedene Empfindungen an einem Platze

初恋を失って

ああ、あの美しかった初恋の日を
呼び返してくれる人があるならば！
ああ、あのうれしかった時のひと時でも
呼び返してくれる人があるならば！

ひとり寂しく心の傷をいたわって
なげきの繰りごとをくり返し、
消え失《う》せた幸福を私は悼《いた》んでいる。

ああ、あの美しかった日、うれしかった時を
呼び返してくれる人があるならば！

Erster Verlust

ミニヨン

（ただあこがれを知る人ぞ）

ただあこがれを知る人ぞ、
わが悩みを知りこそすれ！
ひとり、なべての
よろこびより隔てられ、
ながめこそすれ、
青空のかなた。
あわれ！　この身を知り、いつくしみたもう人、
今は遠きかなたにいます。
眼はくるめき
はらわたは燃ゆる。
ただあこがれを知る人ぞ、
わが悩みを知りこそすれ！

Mignon. Nur wer die Sehnsucht......

シュタイン夫人へ
（私たちはどこから）

私たちはどこから生れて来たか。
愛から。
私たちはどうして滅ぶか。
愛なきために。
私たちは何によって自分に打ちかつか。
愛によって。
私たちも愛を見出《みいだ》し得《う》るか。
愛によって。
長いあいだ泣かずに済むのは何によるか。
愛による。
私たちをたえず結びつけるのは何か。
愛である。

An Charlotte v. Stein. Woher sind wir......

コフタの歌

さあ！　私のさしずに従って
お前の若い時代を利用せよ、
時を逸せずもっと賢くなれ。
運命の大きなはかりの上では
針が静止することはまれだ。
お前は上がるか、さがるかしなければならぬ。
支配し獲得するか、それとも
服従するか、失うかしなければならぬ。
忍苦するか、凱歌《がいか》をあげるかだ。
鉄砧《かなしき》になるか、ハンマーになるかだ。

Kophtisches Lied. Ein anderes

イタリア旅行以後

（ワイマル。一七八八——一八一三年）

訪《おと》ない

こよい恋人をこっそり襲ってやろうと思ったら、
とびらに錠がおりていた。
だが、ふところにかぎを持っていたので、
なつかしい戸をそっとあけた！

広間には娘の姿が見つからなかった。
居間にも娘はいなかった。
そこでしまいにねやをそっと開いたら
娘は着物をきたまま長イスの上で、
寝入っていた。その姿のあでやかさ。

仕事をしながら寝入ってしまったのだ。
編物と編針を

組んだ細い手の間に挟《はさ》んだまま。
私は娘のそばにすわって、
起したものかどうかと思案した。

そして、そのまぶたの上に漂う
美しいなごやかさをながめた。
くちびるには、無言の真実が宿り、
ほおには愛らしさが浮んでいた。

やさしい心のあどけなさが、
胸の中で動悸《どうき》うっていた。
甘い神々の香油に溶かされたように
手足は心地《ここち》よげにのばされていた。

心うれしくそこにすわってながめていると、
彼女を起そうという望みは

目に見えぬ糸で次第に固くくられてしまった。
おお、愛《いと》しいものよ、まどろみというものは、
心に偽りがあればきっと漏らすものなのに、
お前をそこなうようなことを漏らしはせず、
友達の優しい心を乱すことも漏らしはしないのか。

お前の愛らしい目は閉じている。開いていれば、
それだけで私をうっとりさせるのに。
お前の甘いくちびるは動かず、
話をしようともキスをしようともしない。
いつもは私を抱きしめるお前の腕の
魔法のひ、ももとけている。
いつもは、甘えこびる道づれの
うっとりとかわいい手も動かない。
お前をなつかしむのは私の迷いか、
お前をいとおしむのは心の惑いか。

今こそそれをつきとめよう。今は私のすぐそばに、
いつもは盲《めしい》の恋の神《アモル》が目隠しせずにいる故《ゆえ》に。

こうして長いこと私はそばにすわり、心から
彼女の貴さと私の愛とをうれしく思った。
彼女の寝姿があまり気に入ったので、
私は彼女を起す気もちなんかなくしてしまった。

そおっと私はオレンジ二つと
バラを二りん、まくらもとの机にのせて、
静かに忍び足で外に出た。

よき人が目を開いたら
すぐにこのはなやかな贈物を見つけて、
いつもの通り戸を閉めておいたのに、どうして
こんな心尽しの贈物がはいって来たのか、と驚くだろう。

こよいまた私の天使を訪《たず》ねて行ったら、
どんなにか喜んで、私のやさしい愛の
この贈物に二倍も報いてくれることだろう。

Der Besuch

朝の嘆き

おお、頼《たよ》りない、かわいくも、つれない娘よ、
いっておくれ、私にどんな罪があればとて、
待つ身もつらい、こんな責苦《せめく》にあわされるのか。
なぜお前は約束のことばを破ったのか。

ゆうべお前はあんなにやさしく私の手を握りしめ、
あんなに愛らしくささやいたのに、

「ええ、参りますわ、明け方に、
きっと、あなたのお部屋に」と。
私は戸を軽くしめておいた。
先《ま》ず、ちょうつがいをよくためして見ると、
きしらないので、すっかり喜んでいた。
なんという夜を待ち明したことだろう！
寝もやらず、半とき、また半ときと時を数えた。
まどろんだのもほんのつかの間、
心は絶えず覚めていて、
私がうとうとすると呼び覚ました。
ほんとに私は暗やみをうれしく思った。
やみは物みなを穏やかにおおい隠すのだもの。
また、くまもなくひっそりと静かなのを喜んだ。

そして絶えず静けさの中に耳をすました、
もしや物おとがしはせぬかと。

「私と同じ思いをあの人が持ってくれたら、
私と同じ感じをあの人が持ってくれたら、
朝まで待ちなぞしないで、
たった今やって来るだろうに」

小ねこが一匹屋根裏を跳《は》ねたり、
ねずみが一匹すみっこでかたこと音を立てたり、
なんだかわからないものが家の中で動くと――
いつも私は、お前の足音ならば、と思った。
いつも私はお前の足音が聞えるのかと思った。

こうして長い長い夜を伏し明していると、
もう東が白みはじめ、

そここに人の起きる物おとがした。
「あの人の戸かしら？　私の戸だったら！」
寝床にひじをついてすわり、
ほのかに明るんだ戸の方を見た、
もしや開きはしないかと。
両のとびらは軽く寄せられたまま、
きしりもせず、ちょうつがいにかかっていた。

そのうちだんだん明るくなった。
日々の口すぎの糧《かて》を求めて、もう
急ぎ出て行く隣人の戸をあける音が聞えた。
ほどなく道行く車の音が聞えた。
町の門ももう開かれた。
にぎわう市場のさまざまの品々が
ごった返し、騒々しくなった。

家の中でも、行ったり来たり
階段を上ったり下ったり、
そこここで戸がきしり、足音がもつれる。
それでもまだ私は希望を捨てることができなかった。
美しい生活から離れるような未練があって。

とうとう、ほんとに憎らしい太陽が
私の窓と壁とに射《さ》しこむと、
私は飛び起き、急ぎ庭に出て、
あこがれに燃えてあつい息を
さわやかな朝風に冷やそうとした、
庭の中で多分お前に会えるだろうと思って。
だが、お前はあずま屋にも、
高いボダイ樹の並木道にも見あたらなかった。

Morgenklagen

*

恋人よ、おん身は幼き時は人にうとまれ、
母にもすげなくされ、
大きくなりても日かげ者なりきと。さもありなん。
われもおん身を常に変れる子と思いき。
ブドウの花は形も色もすぐれざれど、
その実、熟しては、人と神とを酔わすものを。

Wenn du mir sagst……

甘き憂《うれ》い

憂いよ、去れ！——ああ、されど、死すべき人間なれば、
生ある限り、憂いは去らず。
避け難《がた》きものとあらば、来たれ、愛の憂いよ、

他の憂いを追いて、なんじひとりわが胸を領せよ！

Süsse Sorgen

＊

このゴンドラを、穏やかにゆり眠らす揺りかごに私はたとえる。
だが、その上の小房は大きい棺《ひつぎ》に見える。
まことに、私たちは揺りかごと棺の間を揺れつつ、
大きな命の水路を物思いもなく漂い行くのだ。

Diese Gondel……

＊

どんな娘を望むかと、お尋ねになる。望む通りの娘を、
私は持っている。これは意味深長なことばです。
海辺《うみべ》を歩いて私は貝殻《かいがら》を探した。その中に真珠を
一つ見つけ、それをいま胸に抱きしめているのです。

Welch ein Mädchen……

＊

人の一生が何ほどのことがあろう？　しかも幾千の人が、
人が何をしたの、どうしたのと、あげつらう。
詩はさらに片々たるものなのに、しかも幾千の人に味わわれ、
非難される。友よ、ただ生きよ、ただ歌い続けよ！

Eines Menschen Leben……

＊

凡《およ》そ自由の使徒というものは常に私の気に食わなかった。
結局みんな自分のわがままを求めているに過ぎない。
多くの人を解放するつもりなら、進んで多くの人に仕えよ。
その難《かた》さを知らんと欲《ほっ》するか。ならば先《ま》ず試みよ！

Alle Freiheitsapostel……

＊

王たちも扇動者たちも等しく、善政を欲《ほっ》する、と人々はいう。
だが、誤りだ。彼らも我らと同じく人間だ。
民衆は、周知のように、自分のために欲することができない。
だが、我ら万人のため欲することを知る者は、それを示せ！

Könige wollen das Gute......

＊

熱情家はすべて三十歳で十字架にかけよ！
かつては欺《あざむ》かれた人も、一たび世間を知ると、悪者になる。

Jeglichen Schwärmer schlagt......

＊

狂える時に会い、私もまたみずから、
時勢に従い、愚かしきわざを重ねた。

Tolle Zeiten hab' ich erlebt……

ねずみを狩る男

身どもこそ天下に知られた歌うたい、
あまねく旅して、ねずみ狩る。
由緒《ゆいしょ》も名高いこの町は
是非とも身どもが入用なはず。
たとえねずみがいかほどいるにせよ、
いたちも一緒にあばれようと、
すっかり清めてごらんに入れる。

みんなきれいに退散するは必定《ひつじょう》。

それからこの陽気な歌うたい、
時には子どももさらい申す。
おとぎ話をふしおもしろく歌いもすれば、
手に負えない子どもさえころりとさせるこの手くだ。
どんなに強情な男の子でも
どんなにきかぬ女の子でも、
一度いとをならしもすれば、
みんなぞろぞろついて来る。

それから器用無類の歌うたい、
折りには娘もつかまえ申す。
行く先々の町々で三人五人の
娘たち、うっとりさせぬことはない。
どんなにはずかしがりの娘でも

どんなにすげない女房でも、
魔法のいといと歌ごえを聞きさえすれば、
みんな恋心をそそられて胸をときめかす。
　　　　　（初めから繰返す）

Der Rattenfänger

＊

花を与えるのは自然。編んで花輪にするのは芸術。

Blumen reicht die Natur……

海の静けさ

深き静けさ、水にあり、
なぎて動かず、わたつうみ。
あまりになげる海づらを

ながむる舟人《かこ》の憂《うれ》い顔。
風の来たらん方もなく、
死にもや絶えし静けさよ！
果てしも知らぬ海原《うなばら》に
立つ波もなし見る限り。

Meeres Stille

幸《さち》ある船路

霧裂けて
空あかるみ
風の神《エーオルス》、
障《さわ》りの結ぼれを解く。
風そよぎ出《い》で
舟人《かこ》は勇み立つ。

急げ、いざ急げ！
波は分かたれ、
近づくや遠方《おちかた》、
早や陸《くが》の見ゆるよ！

Glückliche Fahrt

ミニヨン

（語れとは）

語れとはのたもうな、黙《もだ》せとこそは告げたまえ。
わが秘めごとはわがつとめなれば。
わが心の限り、君にこそ示さん願いは切なれど、
運命の許さぬ悲しさよ。

めぐる日の時をたがえず登れば、暗き夜は

追い払われ、白日とはなる。
心なき固き岩も胸を開き、
深く隠れたる泉もて地をうるおすものを。

人みな、友の腕の中に憩《いこ》いを求め、
胸の嘆きを訴えなぐさめらるるを、
われひとり誓いしことの故《ゆえ》にくちびるかたく、
神をおきて、このくちびる、ひらくよしもなし。

Mignon. Heiss mich nicht……

立て琴ひき

（戸ごとに）

戸ごとにしのびやかに訪《おと》ないよりて
いと静かにつつましく乞《こ》いも立たばや。

慈《いつく》しみある人、糧《かて》を恵みやせん。
糧を得て、なお乞いも行くべし。
ひとみな、わが姿を見ては、
おのが姿を幸《さち》多きものと思い、
あわれとて、涙流すべし、
さあれ、何ゆえの涙ぞ、知るよしもなし。

Harfenspieler. An die Türen......

フィリーネ

ひとり居の夜の寂しさを
調べ悲しく歌いたもうな。
いな、やさしく美しい人々よ、夜は
むつまじき語らいのためにあるものを。

女が男のこの上なく美しい
半身として与えられもしたように、
夜はこの世の半ば、それも
この上なく美しい半ばなのに。

楽しいことを邪魔だてる
昼間をうれしいとおぼしめすか。
気をまぎらすには昼間もよいけれど、
その他のことには役立ちませぬ。

それに引きかえ、夜になって
心うれしいランプのほのかな光が流れると、
口から口へ口うつしに
戯《ざ》れごとと恋のことばが注がれる。
日ごろは激しく心燃やして急ぐ

すばしこく移り気な恋の使いも、
キスや愛撫《あいぶ》にすかされて度《たび》しげく
気軽な戯《たわむ》れに時をすごす。

うぐいすは恋人たちに
やさしい心をこめて歌を歌う。
その調べも、捕われ人や憂《う》き身の人には
嘆きや溜息《ためいき》とのみ響くのに。

さてどんなにいそいそと心ときめかせ、
みんなは夜中の鐘を聞くことか、
こともなき安らかな一夜を告げて
おもむろに十二鳴る鐘の音を！

されば、いとしい人よ、
長い昼間に心に留めておきたまえ、

来る日々に悩みはあれど
夜にはその喜びのあるものと。

Philine

契《ちぎ》った人に

手に手を取り、くちびるにくちびるを合せ、
さらば、いとしきおとめよ、心な変りそ！
別れ行く君が恋人は
いく度か危うき岩瀬こえてや行かん。
されどいつの日か嵐《あらし》しのぎて
ふたたび港に帰り着きなば、
喜びを君と共に分つべし。
君をうとまば、神々のむちを受けん。

ひるまずなさば勝利は近し。
わが業《わざ》は早や半ば成れり。
わがために星は輝く日のごとく、
心おじたるものにはやみなれども。
君がかたえにても無為にあらんか、
望みなき憂《うれ》いにわが心は重からん。
されどいとも遠く広き世界に出《い》ずれば、
ひたぶるに君を思いて励みこそすれ。

いつの日か君と共にそぞろ歩きては、
夕まぐれなごやかに
すべり行く川をながめん谷間を、
われははや見さだめぬ。
牧場の上なるはこやなぎ、
森の中なるぶなの木立！
ああ、かの木々のしりえに

われらがささやかなる住家《すみか》も立ちてありなん。

An die Erwählte

恋人を身近《みぢか》に

日のひかり海の面《おもて》より照り返る時、
　われ、おん身を思う。
月のひかり泉にゆらめき映ゆる時、
　われ、おん身を思う。

遠き道の上にちりの舞いあがる時、
　おん身の姿、わが眼に浮ぶ。
ふくる夜、細き小みちに旅びとのわななく時、
　おん身の姿、わが眼に浮ぶ。

かしこにうつろなる音立てて波高まる時、
われ、おん身の声を耳にす。
静かなる森をしげく行きて耳傾く、
なべてのもの黙《もだ》す時。

われ、おん身のもとにあり、よしやおん身遠く隔たりてあるとも、
おん身わがかたえにあり。
日落つれば、やがて星わがために輝かん。
おお、おん身いましなば！

Nähe des Geliebten

＊

いつも変らなくてこそ、ほんとの愛だ、
一切を与えられても、一切を拒まれても。

Das ist die wahre Liebe……

＊

「何ゆえ、私は移ろいやすいのです？
おお、ジュピタアよ」と、美がたずねた。
「移ろいやすいものだけを
美しくしたのだ」と、神は答えた。

Warum bin ich vergänglich......

＊

すべての階級を通じ、一段と気高い人はだれか。
どんなことを前に控えても常に心の平衡を失わぬ人。

Wer ist der edlere Mann......

宝　掘　り

財布は乏しく、心は痛み、おれは
長いその日その日を持て余した。
貧ほどつらいものはなく、
富ほど大きな福はない！
この苦しみにおさらばしようと、
宝を掘りに出かけて行った。
「魂なんざくれてやる！」
おれは悪魔に一札《いっさつ》血で書いた。

そこで魔法の輪に輪をかいて、
薬草白骨積みかさね、
おれは不思議の火をたいた。
祈願のまじないが済んだれば、

習った通りのやり方で、
ここぞという場所をたがえず、
古い宝を掘りかけた。
あらしのすさぶやみの夜。

すると遠くにあかりが見えた、
空の星かとまがうように、
あかりははるか遠くからやって来た。
折りから十二時が鳴った。
思案のひまもないうちに、
たちまちかっと明るくなった。
きれいな稚子のささげてる
溢《あふ》れる皿《さら》の輝きで。

ゆたかに編んだ花輪の下に
やさしい目のきらめきが見えた。

皿なる霊酒の後光《ごこう》をあびて、
稚子は魔法の環《わ》に踏みこんだ。
そしておれに飲めと親切にいった。
おれは考えた。この稚子は
美しい輝く酒を持つからは、
よもや悪魔じゃあるまいと。

「清く生きる勇気を飲めい！
そしたらおれの教えがわかろう。
おっかなびっくり、まじない唱え
こんなところにもどってなんか来るまいぞ。
無益なこと、この上ここで掘りなぞするまいぞ。
昼間の働き！　夜のお客！
汗水流す常ひごろ！　楽しいお祭り日！
これを今後のまじないにせい」

Der Schatzgräber

残る思い

ブドウの花の咲く時は
たえなる酒はわきたてど、
ふたたびバラのもえる時、
測るよしないこの身空《みそら》。

涙はほおを伝わりて、
せんすべもなきこの身かな。
何とも知れぬあくがれの
この胸焼くを覚ゆのみ。

心をしずめ、しのびては
やがてよしなき独りごと。
「かく美《うる》わしき日なりしが

ドリスの思いあつかりき」

Nachgefühl

ミニヨンに

谷を越え、川をわたって
日の車はしずかに進む。
ああ、絶え間なくめぐる日は
朝ごとにのぼり来て、
そなたの胸の奥深くと同じように
私の胸の奥深く痛みをかき立てる。
夜が来ても何のかいもない。
夢さえも今はただ
悲しい姿で来るものを。

この痛みのひそかに
幻を作りだす力を
私は胸の奥深くに覚える。

私は幼い時から年久しく
谷間を行く舟を見ている。
どの舟もめざす所に行くが、
ああ、私の絶えぬ痛みは
心の中に根を下ろして、
流れと共に漂い去ろうとしない。
きょうはお祭り日なれば、
美しい晴着を着て行かねば。
晴着はタンスから出してあれど、
私の胸のうちが、
痛みのためむごく千々《ちぢ》に
引裂かれているのを知る人もない。

心ひそかにいつも泣いてはおれど、
うわべはにこやかに丈夫らしく
赤いほおさえ見せている。
この痛みが私の胸を
滅ぼすほどであったなら、
ああ、私はとくに死んでいたろうに。

An Mignon

伝説

いまだ世に知られず、顧みられず、
われらの主イエス地上をさまよいしころ、
多くの弟子《でし》、彼のもとに来たりたれど、
主のことばを解するものは、きわめてまれなりき。

主は街上をおのが宮居《みやい》とするを
ことのほか好みたまえり。
その故《ゆえ》は、天空の下にては、
常にひとしおよく自由に語るを得《う》ればなり。
されば主は街上にて至高の教えを
聖なる口より人々に聞かせたまえり。
とりわけ比喩《ひゆ》と実例により、
行く先々の市場《いちば》を寺院となしたまえり。

ある時、心しずかに弟子らと共に
さる小さき町へそぞろ歩み行きしに、
路上に何やらん光れるものを見たまえり。
そはこわれたる一片の蹄鉄《ていてつ》なりき。
主は聖ペテロに言いたまえり、
「その鉄を拾え」と。
聖ペテロは心すすまざりき。

彼は歩みつつ世界の支配を
夢みいたるところなりき。
こは何人《なんぴと》にも快き夢にて、
考えることには何の制限も付されず。
かかる夢はペテロの最も好む思想なりき。
されば路上の見つけ物は余りにささやかに過ぎぬ。
王冠と笏《しゃく》にてもあらばよかりしものを。
蹄鉄のかけらのため
なんぞ身をかがめんや。
さればペテロはわきを向きて行けり、
主のことばの聞こえざりし風を装いて。
主は日ごろの寛大なる心のままに、
みずから蹄鉄を拾いあげ、
何事もなかりし風に歩み続けたまえり。
やがて町に着きたりし時、
主は鍛冶屋《かじや》の戸ぐちに行きて、

蹄鉄を三文の銭にかえたまいぬ。
さて市場を横ぎらんとせし時、
そこに美しき桜の実を売れるを見、
主は三文銭にて買い得るほどの
桜の実を買いたまいぬ。
そを主はいつものごとく
静かに袖《そで》におさめたまえり。

さて他の都門より出《い》でて、
人家なき野畑を行けば、
道には木かげだになし。
日は照り、あつさは厳し。
かかるところにては一口の水にも
多くの銭を払うを惜しまざるべし。
主は常に弟子たちに先だちて歩みしが、
さりげなく桜の実を一つ落したもう。

聖ペテロは直ちにその後を追いぬ、
金のリンゴにてもあるが如《ごと》くに。
この一粒の実、かれの口に甘かりき。

少しく時を経て、主は
さらに一つの実を地に落したまえば、
聖ペテロすばやく身をかがめて拾う。
かくて主はいくたびとなく桜の実ゆえに
聖ペテロの背をかがめしめたもう。
かくして時を経し後、
主は快活に言いたまいぬ、
「しかるべき時に骨惜しみせざりしならば、
なんじみずから手数を省き得たりしならん。
ささやかなることを軽ろんずるものは、
さらにささやかなることのために煩《わずら》わされん」

Legende

小姓と水車小屋の娘

小姓

どちらへ！　どちらへ？
美しい水車小屋の娘さん！
名は何と？

娘

リーゼ。

小姓

一体どちらへ？　どちらへ、
くま手をかかえて？

娘

とう様の畑に、
とう様の牧場へ。

小　姓

ひとりでお出《い》でか。

娘

干草を入れねば。
くま手はそのためなの。
地つづきの庭では、
いちじくが熟《う》れ始めました。
それを取ろうというの。

小　姓

そのそばに静かなあずま屋でもありませんか。

娘

ありますとも、二つも。
すみの方に。

小　姓

私はあとから行きます。
あつい真昼に
ふたりでその中に隠れましょう。
ねえ、しんみりした緑の家で——

娘

それこそ浮き名が立ちましょう！

小姓

私に抱かれてお休みになっては？

娘

めっそうな！
身持ちのいい粉屋の娘に口づけすると、
さっそくばれますよ。
そのお美しい黒いお召し物、
白く染めては
お気の毒でございます。
似たもの同士！　でこそうまく行きます！
生きるも死ぬもそれが私の了見ですの。
私の好きなのは水車小屋の若者。
それならよごれっこありません。

Der Edelknabe und die Müllerin

独り者と小川

若者

澄んだ小川、お前はどちらに流れるの？
いそいそと。
楽しそうに気も軽くお前は急ぐ、
川しもへ。
急いで行って、谷で何を探すの？
まあ聞いておくれ、ちと話してお行き！

小川

私は小川でした、お若いお方。
みんなが
私をつかまえて道草くわぬよう、

掘割にして
あそこの水車に流れ落ちるようにしました。
それで私はいつも流れが早く水もなみなみ。

若　者

お前は苦労もなげに急いで行く
水車へ。
そして察しもしない、若い私の
胸の思いを。
水車小屋の美しい娘は折り折り
お前の方を懐《なつか》しげに見やるかい？

小　川

朝早くさしこむ光に
戸を開けて、
やって来ます、かわいい顔を

洗いに。
その胸がふっくらと白いので、
私は湯気が立つほどあつくなります。

若者

あの娘が水の中にまで恋の火を
燃やすなら、
血と肉でできた人間がどうして平気で
いられよう？
一目でもあの娘を見たならば
ああ、年中あとを追わずにいられない。

小川

それから私は水車に飛びかかる
ざんぶりと。
水車の水かきがぐるぐるまわる

ざぶざぶと。
美しい娘が顔を洗うようになってから
水も力がはずんで来ました。

若　者

情けない奴《やつ》、お前はつらいと思わないかい、
人なみに？
娘はお前に笑いかけ、冗談に言う、
「先へお行き！」と。
だが、娘はきっとお前を引留めるだろうね、
あまい愛のまなざしで？

小　川

この土地を流れ去るのはなみなみならず、
つらいけど、
私はしずしずと曲りくねって行きます、

牧場を通り。
私ひとりの力でかなうことなら、
さっそく逆さに流れるものを。

若　者

恋の悩みの道連れよ。
さようなら。
いつかは私にうれしいたよりを
ささやいておくれ。
お行き、そしてさっそく言っておくれ、度々《たびたび》言っておくれ、
若者が心ひそかに願い望んでいることを。

Der Junggeselle und der Mühlbach

*

かの一なるもの永遠にして、多に分かたる、

しかも一にして、永遠に唯一《ただ》つなり。
一の中に多を見出《みいだ》し、多を一のごとく感ぜよ。
さらば、芸術の初めと終りとを会得《えとく》せん。

Ewig wird er euch……

リーナに

懐《なつか》しいリーナよ、この歌の本が
いつかまたそなたの手にはいったら、
ピアノに向ってかけなさい、
過ぐる日そなたと並んで私の向ったピアノに。
まずピアノを早く打ちならして
それからこの本をごらんなさい。
読んではいけません！　いつも歌うのです！

どこをあけてもそなたのための歌ばかり。

ああ、白い紙に黒い文字で書かれてみると、
この歌はなんと悲しげに私を見ることだろう。
そなたに歌われてこそ神の御声《みこえ》さながらともなり、
聞く人の心をむしるばかりに打つものを。

An Lina

いち早く来た春

喜びの日よ、
はやくも来たか。
暖かい太陽はわがそぞろ歩きのために
丘と森を返してくれるか。

小川は雪解けの水をうけて
いともゆたかに流れる。
これが去年の秋見た草原か、
これが去年の秋見た谷か。

青い色のみずみずしさ！
空よ丘よ！
金色に輝く魚は
みずうみに群がる。

色とりどりの鳥が
森の中で羽音を立て、
いとも妙《たえ》な歌が
その間に響いて来る。

いきいきともえる緑の

花やぎわたるなかで、
みつばちがうなりながら
みつを吸い取っている。

かすかな動きが
大気の中にふるえて、
うっとりする気配、
眠りを誘うかおり。

やがてやや強い
そよ風が起るが、
すぐにまた茂みの中に
消えうせてしまう。

だが、そよ風は
わが胸に帰って来る。

詩の女神《めがみ》よ、この幸《さち》を
歌い伝える力をかし与えよ。

言ってごらん、きのうから
何がわが身に起ったか。
わが姉妹たちよ、
いとしい人が来たのです。

Frühzeitiger Frühling

思い違い

隣の女のひとのところで窓かけが
あちらこちらに揺れている。
きっとこちらをのぞいているのだ、
わたしが家にいるかしらと。

また、わたしが昼間胸に、
抱いた嫉妬《しっと》のうらみが
いつも変らずそうあるように、
胸の奥で燃えているかしらと。

だが、残念ながらあの美しいひとは
そんなことは心にかけていなかった。
よく見れば、夕風が
窓かけをもてあそんでいるのだった。

Selbstbetrug

さむらいクルトの
嫁とり道行き

花婿《はなむこ》きげんで
さむらいクルトは馬にまたがり、
花嫁御寮のお城へ、
祝言《しゅうげん》の杯に。
寂しい岩山かげで、
襲って来るは、かたき。
ためらわばこそ文句は無用と
双方近より、すばやく勝負。
一しきり一上一下《いちじょういちげ》の勝負の末
軍配あがったクルトの得意さ。
その場を立ちのくさむらいクルト、
打ち身は受けたが、勝ち名のり。

間もなく目についたは、
やぶの中にちらちら光る物！
乳のみ児《ご》を連れてしおしおと
森から忍び出たは、なじみの女。

女は木かげを指さして、
「これ、もうし、そんなに急がずに！
わりない仲のこのわたしと
お前様の子供に、ちっとはお愛想《あいそ》を」
ぞっとうれしい色気に燃え上がり、
素通りするのも惜しまれる。
子持ち女であるけれど、
かわいがれば、生娘《きむすめ》も変らず。

あいにく家来の吹くラッパ、
はっと思い出したは花嫁御寮のこと。

さて道々行くほどに、
年の祭や市場に大にぎわい。
クルトは屋台で花嫁御寮にと
選ぶかずかずの引出物。
だが、南無三《なむさん》、現われたりユダヤ人、
古証文をつきつけて借金の催促。

心はやたけのさむらいクルト、
御用とばかりとめられる。
何たる忌《い》ま忌《い》ましい話じゃ！
武勇の誉れもかくて果てるか！
きょうのところは忍ばにゃならぬか。
ほとほと難儀な次第じゃ。
かたきと女と借銭と、
ああ、さむらいののがれぬ道か。

Ritter Kurts Brautfahrt

羊飼いの嘆きの歌

向うの山のいただきに
わたしは千度もたたずんで、
手に持つ杖《つえ》に身をもたせ、
下の谷間をながめやる。

草はむ羊に従えば、
犬が羊の番をする。
夢見ごこちで知らぬ間に
わたしは山をおりていた。

すると牧場に見るかぎり
きれいな花が咲いている。
だれにやるとのあてもなく、
わたしは花を摘んでみる。

それから激しい夕立を
わたしは避ける木の下に。
向うの戸ぐちはしまってる。
楽しい望みも夢なのか。

あの家の上のあたりにまぎれなく
にじが一筋かかってる。
だが、あの人はもういない。
遠い国に行ったのだ。

遠い国をなお越えて
海のかなたに行ったのだ。
羊よ、行こう、先へ！
羊飼いの胸の切なさよ！

Schäfers Klagelied

あこがれ

私の心をこうも引きつけるのは何か。
私を外へ引出すのは何か。
部屋の中から、家の中から
私を否応《いやおう》なしに誘い出すのは何か。
あそこに岩をめぐって
雲がたなびいている！
あそこに行きたいものを、
あそこに行きわたりたいものを！

からすが群がって
ゆらゆらと飛んで行く、
私もそれにまじって
列について行く、

そして山と城壁を
めぐって羽ばたき飛ぶ。
下にあの人がいる、
私はその方をうかがい見る。

あそこにあの人がそぞろ歩いて来る。
歌う鳥なる私は
茂った森へ
すぐに急いでやって行く。
あの人は立ちどまり、きき耳たてて、
ひとりほほえみ、思うよう、
「あんなにかわいく歌ってる、
私にむかって歌ってる」

入り日が山の頂を
黄金《こがね》の色に染めようと、

美しいあの人は物を思いながら、
夕映《ゆうば》えも心にとめない。
あの人は川べりを
牧場ぞいにそぞろ歩いて行く。
行く道はうねりくねって
次第に暗くなる。

突然、私は、
きらめく星となって現われる。
「あんなに近くまた遠く
輝くのは何か」
と言って、お前が驚いて、
その光をながめると、
私はお前の足もとに打ち伏す
その時の私の幸福さよ！

Sehnsucht

慰めは涙の中に

みんなが楽しそうにしているのに、
なぜ君は悲しんでいるのか。
君の目を見ればわかる、
ほんとに君は泣いたのだね。

「ぼくがひとりで泣いたとて、
それはぼくだけの苦しみだ。
泣けば流れる甘い涙に
ぼくの心は軽くなるのさ」

楽しげな友だちが君を招いている。
さあ、ぼくたちの胸に来て、

なくしたものはなんなりと
心おきなく打明けたまえ。

「にぎやかに騒いでいる君たちに
哀れなぼくの苦しい心はわからない。
いやいや、ぼくは何もなくしはしない。
切ない思いは数々あるが」

それなら直《す》ぐに元気を出したまえ。
若い血潮の君なのだ。
君の年なら、力もあるし、
望みをかなえる勇気もあろう。

「いやいや、望みをかなえる道はない。
あまりに遠い隔たりだ。
高いみ空の星のように、

高いところで美しく光っている」

星を取ろうと望むものはない。
きらびやかな光を楽しむだけだ。
晴れた夜ごとに、空を仰げば、
うっとりとしないものはない。

「うっとりしてぼくは、しげしげと
昼、日なか仰ぎ見るのだ。
夜は泣き明かさせてくれたまえ、
ぼくが泣ける間は」

Trost in Tränen

＊

一番幸福な人は？　他人の手がらを感ずることができて、
他人の楽しみを自分の楽しみのように喜べる人。

Wer ist der glücklichste Mensch?……

金鍛冶《きんかじ》の職人

隣の娘で
なんとかわいい娘！
朝早く仕事場に出ると
おれはまずあの娘の店を見る。
それから指輪と鎖を作るため
細い金の筋を打つ。

ああ、いつになったらケーチヘンに
こんな指輪をやれるやら？

娘が引戸をあけると、
町じゅうのものがやって来る。
たいへんな人だかりが店の中の
色んな物を値切ったり買ったりする。

やすりをかけているおれはうっかり
金の筋を何本も切ってしまう。
よその店に気を取られりゃこそと、
情けを知らぬ親方はぶっつぶつ。

あきないがひまになると直《す》ぐ
娘は糸車にとりかかる。
何を紡《つむ》ぐ気かわかってる。

娘にゃあてがあればこそ。

小さい足は踏みに踏む。
おれはそのふくらはぎと
くつ下どめを思い浮べる、まざまざと。
あれはおれがあの娘にやったもの。

いとしいあの娘はくちびるへ
きれいな糸を持って行く。
ああ、おれがあの糸であったなら、
どんなにキスができるだろ。

Der Goldschmiedsgesell

花のあいさつ

私の摘んだこの花輪、
千度《ちたび》もそなたにごあいさつ。
私は花輪にお辞儀した、
きっと千度もしたでしょう。
いやいや千度の幾倍も
私は胸に抱きしめた。

Blumengruss

五月の歌

（小麦や）

小麦や大麦の間、

いばらの生けがきの間、
木立や草むらの間、
歩き行くいとしい人の行くえは？
私にいっておくれ！

私のやさしい人は
家にはいなかった。
大切なあの人は
外にいるに違いない。
緑はもえ、花は咲き
美しい五月。
いとしい人は
楽しくのどかに立ち出《い》でる。

川のほとりの岩かげで
草に隠れてあの人が

最初のキスをしてくれた。
そこに何か見える！
あの人かしら？

Mailied. Zwischen Weizen und……

フィンランド調の歌

別れた時とそのままで
いとしいなじみが帰るなら、
そのくちびるにキスの音をたてよもの、
たとえおおかみの血で赤く染まっていよと。
その手を握りしめてやろ、
たとえ指さきがへびじゃろと。
風よ！　お前に心があるならば、
互いのことばを一ことごとに運ぶじゃろ。
遠く離れたふたりの間、

少しは途中で消えもしようが。

ごちそう断つのもいとわない、
おいしい肉の料理も忘れよう、
夏にすばやくなびかして
冬にじっくり手なずけた
いとしい男をあきらめるくらいなら。

Finnisches Lied

*

ふとんの長さに従ってからだを伸ばさぬものは
足がむき出しになる。

Wer sich nicht, nach……

＊

千匹のはいを私は夕方たたき殺した。
それだのに、早朝、私は一匹のはいに起された。

Tausend Fliegen......

＊

耳ある者は聞くべし、
金ある者は使うべし。

Wer Ohren hat......

＊

世の中のものは何でも我慢できる。
幸福な日の連続だけは我慢できない。

Alles in der Welt......

われわれを最もきびしくこきおろすのはだれか。
自分自身に見切りをつけたディレッタントだ。

Wer uns am strengsten......

*

見《み》出《いだ》しぬ

もの思いもなく、ただひとり
そぞろ森の中を行きぬ。
何を求めん
こころもなく。

木かげに、花ひともと
星のごとかがやきつ、

つぶらなる眼《め》のごと美《うる》わしく
咲けるをわれ見たり。
手折《たお》らんとすれば、
花はやさしく言いぬ、
「手折られて
しおるるさだめなるか」

小さき根もとより
掘り起して、
よき家のうしろなる
庭に、はこび来たり、
もの静かなるところに
ふたたび植えたれば、
いやましに伸びひろごりて、

今に咲きつづく。

Gefunden

自分のもの

私は知っている、自分のものだといえるのは、
自由自在に自分の心から
流れ出て来る思想と、
自分に好意を持つ運命が
底の底まで味わわしてくれる
幸福な瞬間々々だけだ。

Eigentum

スイス調の歌

小山の上に
すわって、
小鳥を
見てた。
歌ったり、
とんだり、
小さい巣を
作ってた。

庭の中に
立って、
みつばちを
見てた。

鳴きつ　うなりつ
ぶんぶんと、
小さい巣を
作ってた。

牧場の上を
歩いて、
ちょうちょを
見てた。
吸うたり、
とんだり、
なんともきれいな
さまじゃった。

そこへハンスが
やって来る。

わたしゃいそいそと、
小鳥やちょうちょのすることを
ごらんと言った。
ふたりは笑って
小鳥やちょうちょの
まねをした。

Schweizerlied

＊

かつて鳴り出《い》でしもの、時を経てまた鳴り出ずれば、
幸福も不幸も歌となる。

Spät erklingt, was früh……

詠嘆の序詞

燃ゆる思いに口ごもりし言《こと》の葉も、
書き記さるれば、いかばかり物珍しく見ゆる！
今われ門《かど》ごとにおとないて、くまなく、
散り失《う》せたる紙片を集めんとはする。

うつしみの世に長き時をおきて
かたみに隔たりいたりしもの、
今一片の表紙のもとに
よき読者の手にわたるなり。

されどあやまちを恥ずることなく、
この小さき書を急ぎ仕上げよ。
世は矛盾に満てり、などて

わが書に矛盾の許されざるべき?

Vorklage

似合った同士

つりがね草のひともとが、
土からもえ出して
春に先がけ、いちはやく
かわいい花を咲かせてた。
そこへ小さなみつばちが来て、
さとくもみつをぬすみ吸った。
ふたりはほんとに
似合った同士に違いない。

Gleich und gleich

「西東詩編」から、その後

（ハイデルベルク、ワイマル。一八一四——三二年）

＊

形づくれ！　芸術家よ！　語るな！
ただ一つの息吹《いぶき》だにも汝《なんじ》の詩たれかし。

Bilde, Künstler!……

＊

ひともとのさとうきびも
世を甘くせんと生《お》い出《い》ず。
わが一管《いっかん》の筆よりも
愛らしきもの流れ出でよ！

Tut ein Schilf sich……

＊

みずから勇敢に戦った者にして初めて

英雄を心からほめたたえるだろう。
暑さ寒さに苦しんだものでなければ
人間の値打なんかわかりようがない。

Einen Helden mit Lust......

＊

ふたりの下男を使っている主人は
よく世話をしてもらえない。
家に女がふたりいたら、
きれいに掃除ができないだろう。

Ein Herre mit zwei Gesind......

＊

歌ったり、語ったりする者がこんなに多ぜいいるのは
すこぶる私の気に食わんと知れ！

詩をこの世から追払っているのはだれだ？
詩人たちだ！

Wisse, dass mir sehr……

*

好ましいものは目まぜする少女の眼《め》、
飲む前の酒のみの眼、
命令した後の主人のあいさつ、
あたためてくれる秋の日ざし。

Lieblich ist des Mädchens……

*

死せよ成れよ！　このことを
体得せざるものは、
暗き地上の

悲しき客に過ぎざらん。

Selige Sehnsucht. Stirb und werde......

＊

私は甘い希望でこびながら心をなだめる、
たしかに生活は狭いが、希望は広い。

Ich besänftige mein Herz......

五つのこと

五つのこと五つを生ぜず。
なんじ、この教えに耳を開け。
高慢の胸に友情めばえず、
礼にならわざるは卑《いや》しき仲間、
無頼の徒は大をなさず、

ねたむ者は弱点をあわれまず、
虚言をなす者は誠と信を望み得ず——
こを肝に銘じ、ゆめ惑わさるるなかれ。

他の五つのこと

Fünf Dinge

時を短くするは何ぞ？
　活動！
時を堪え難《がた》く長くするは何ぞ？
　遊惰！
負債におとしいるるは何ぞ？
　手をこまぬいて待つこと！
利益を得しむるは何ぞ？
　長く思案せぬこと！

名誉に導くは何ぞ？
おのれを守ること！

Fünf andere

最もよいこと

頭と胸の中が激しく動いていることより
結構なことがあろうか！
もはや愛しもせねば、迷いもせぬものは、
埋葬してもらうがよい。

Das Beste

処世のおきて

気もちよい生活を作ろうと思ったら、

済んだことをくよくよせぬこと、
めったに腹を立てぬこと、
いつも現在を楽しむこと、
とりわけ、人を憎まぬこと、
未来を神にまかせること。

Lebensregel

＊

知恵を大げさに自慢し見せびらかすのをやめよ、
謙遜《けんそん》こそゆかしいものだ。
君は青年時代のあやまちを卒業するかしないうちに、
もうきっと老年時代のあやまちを犯すだろう。

Hör auf doch......

＊

われわれは結局何を目ざすべきか。
世の中を知り、それを軽蔑《けいべつ》しないことだ。

Von heiligen...... Wornach soll man......

＊

安らかに寝ることを欲《ほっ》するか。
私は内的な戦いを愛する。
何ゆえなら、もし疑うことがなかったら、
確実なことを知る喜びがどこにあろう。

Ins Sichere willst du......

ズライカ
（民も下《しも》べも）

民も下べも征服者も
みな常に告白する。
地上の子の最高の幸福は
人格だけであると。

自分自身をなくしさえせねば、
どんな生活を送るもよい。
すべてを失ってもよい、
自分のあるところのものでいつもあれば。

Suleika. Volk und Knecht......

ズライカ

（東風《ひがしかぜ》の歌）

風のこのそよぎは何を意味するのでしょうか。
東風はうれしい便りを持って来るのでしょうか。
風の翼のさわやかな動きは
心の深い傷をひやしてくれます。

風は愛撫《あいぶ》するように道のほこりをもてあそび、
かりたてて、軽いちぎれ雲にします。
戯《たわむ》れる小さい虫の群れを
安らかなぶどうの葉かげに吹き寄せます。

東風は、照りつける夕日をやさしくやわらげ、
私の熱いほほをひやしてくれ、

畑や丘に照りはえるぶどうに、
吹き過ぎながら口づけします。

そのかすかなささやきは私に
あの方のねんごろなことばを伝えます。
丘がまだ暗くならないうちに、
千たびもの口づけが私をよみがえらすでしょう。

では、風よ、吹いて行くがよい！
友だちや悲しんでいる人を慰めておあげ、
高い城壁が夕日に赤く輝いているあすこで、
私はまもなく、いとしい人に会えるのです。

ああ、ほんとの心の便りを、
愛の息吹《いぶき》を、よみがえった命を、
あの方の口づけだけが、あの方の息吹だけが、私に与えて下さるのです。

Suleika. Was bedeutet......

ズライカ

(西風の歌)

ああ、西風よ、そなたのぬれた翼を
私はどんなにうらやむことでしょう。
そなたはあの方に便りを運ぶことができるのですから。
お別れして、私がどんなに苦しんでいるか!

そなたの羽ばたきは
胸に秘《ひそ》かなあこがれを呼びさまします。
花も目も森も丘も、
そなたの息吹《いぶき》に触れて、涙にぬれます。

でも、そなたがやさしく穏やかに吹くと、
熱く痛むまぶたもひやされます。
ああ、苦しさに私は消え失《う》せるでしょう、
あの方にまた会う望みがなければ。

では、私のいとしい方のもとへ急いで、
あの方の心にそっと言っておくれ。
でも、あの方を苦しめないように、
私の苦しみをあの方に隠しておくれ。

あの方に言って、でも控え目に言っておくれ、
あの方の愛が私の命ですと。
愛と命の喜ばしい思いは、
あの方がそばにいてこそ感じられるのです。

Suleika. Ach, um deine feuchten……

愛の書

書物の中のいとも奇《く》しき書物は
愛の書なり。
われ、心してそを読みしに、
喜びを語るページはまれにして、
全巻これ悩みなり。
一章は別離に占められ、
再会の章は短く断片なり。
憂《うれ》いの巻は長々と記され、
綿々として尽くるところを知らず。

Lesebuch

真夜中に

真夜中に私は行った、いやいやながら、
小さい小さい子供の時に、あのお寺の屋敷へ、
父の家へ、父は牧師、
お星様は並んできれいにきらきら光ってた。
　真夜中に。

時を経て広い世間に出てからのこと、
恋人にひかれ、思いつめて通って行けば、
頭の上で星と北極光がさやあてしてた。
行きにも帰りにも私は幸福を吸いこんだ。
　真夜中に。

それからずっと後のこと、満月の光が

心のやみに明るくさしこめば、
来し方のこと行く末のことしみじみと
心うれしくつぎつぎにしのばれた。
　真夜中に。

Um Mitternacht

＊

泣かしめよ、夜にかこまれて、
はてしなき砂漠《さばく》の中に。
ラクダもラクダ追う人も休み、
アルメニア人ひとり銭かぞえつつ、起きてあり、
彼がかたえにありてわが数うるは、
ズライカとわれを隔つる道のり。
道を長むる腹立たしきつづら折りを重ね思いつ。
泣かしめよ、そは恥ならず。

泣く男はよし。
アキレスもブリセイスのために泣けり！
クセルクスは不敗の軍勢のために泣けり。
みずから命たちたる寵児《ちょうじ》を
アレクサンデルは泣けり。
泣かしめよ！　涙はちりをもよみがえらす。
はや若草の香ぞする。

Lasst mich weinen......

＊

詩作を理解せんと欲《ほっ》するものは
詩の国に行かざるべからず。
詩人を理解せんと欲するものは
詩人の国に行かざるべからず。

Wer das Dichten......

＊

星のごとく
急がず、
しかし、休まず、
人はみな
己《おの》が負い目のまわりをめぐれ！

Wie das Gestirn......

＊

われわれにはいろいろ理解できないことがある、
生き続けて行け、きっとわかって来るだろう。

Manches können wir nicht......

＊

私が愚かなことを言うと、彼らは私の言いぶんを認める。
私の言うことが正しいと、私を非難しようとする。

Wenn ich dumm bin......

＊

うぐいすは久しく姿を見せなかったが、
めぐる春に誘われてまたやって来る。
なんにも新しい歌は覚えて来ないで、
古いなじみの歌ばかり歌っている。

Die Nachtigal, sie war......

＊

ああ、見上げるばかりの糸杉《いとすぎ》よ、

わたしの方にかがんでおくれ。
胸の秘密をお前に打明けて
私は永久に黙っていたい。

Ach, Zypresse……

シラーの頭蓋骨《ずがいこつ》をながめて

沈痛な納骨堂の中に立って私は
頭蓋骨が所せまく並んでいるのをながめ、
星霜ふりし昔のことを思い出した。
かつては憎み合った人々もひしひしと並び、
生前互いに命がけで争った硬い骨も
おとなしくここに互いちがいに並んで憩《いこ》うている。
はずれた肩胛骨《けんこうこつ》よ！　それが何人《なんぴと》のものであったか、
もはや問う人もない。みごとなたくましい五体は手も足も命のつぎ目からばらばらに離れている。
疲れたおん身らは地下に横たわっていたのも空《むな》しく、
墓の中に安息を許されず、追われて
再び白日の世界に上って来た。
かつていかほど気高い中身をまもっていたにせよ、
しゃれこうべを愛するものはない。
だが事情に通じた私はそこに書かれた文字を読んだ。
その神聖な意味はだれにでも開かれるわけではない。
硬《こわ》ばった骨の群れのさ中に
並びなくみごとな形を認めた時、
じめじめと冷たく狭い部屋の中で
私はのびのびとあたたかさを感じ、さわやかさを覚えた、
あたかも生命の泉が死からわき出るかのように。
その形はいかに神秘に満ちて私を魅了したことだろう。
神の手をしのばせる跡がまざまざと残っていた。
それをひと目みると、私はかの大海原《おおうなばら》に運び出された。

潮みちては、気高き姿を打ちあげるかの大海原へ。
神託を与える神秘の器《うつわ》よ！
おん身を手に取上げる値打が私にあろうか。
至高の宝なるおん身をかびの中よりつつましく取去り、
自由な大気と瞑想《めいそう》を求め、
日光のもとに恭《うやうや》しく出る時のありがたさよ！
神性の顕現に接するより以上のものを
人間は人生において獲得し得ようか。
あの神性は、硬いものを溶かして精神に変え、
精神のつくったものをしっかりと保存するのだから。

Bei Betrachtung von Schillers Schädel

＊

及ばざりき、たぐいなき麗日も。
さらば、われには許せ、

佳人の忘じ難《がた》きを。
野に出《い》ずれば思い更に切なり。
一日園《その》の中にて情け厚きを
示さんとて、われに寄りしが。
今日なお感あらたにして
わが心変らず佳人のもとにあり。

War schöner als der schönste Tag……

＊

バラの季節過ぎたる今にして、
初めて知る、バラのつぼみの何たるかを。
遅れ咲きの茎に輝けるただ一輪
千紫万紅《せんしばんこう》をつぐないて余れり。

Nun weiss man erst……

＊

閑寂の趣を乱さんとするや。
願わくば酒杯の赴くに任せよ。
友あり、共に学ぶにかなうといえども、
感興の来たる、孤独なるにしかず。

Die stille Freude wollt ihr……

花《はな》 婿《むこ》

真夜中に私は眠っていたが、胸の中では、
思う人恋しの心が覚めていた、昼間に変らず。
しかも昼間は夜のように思われた——
昼間は色々なことがあろうと、それは何だろう？

あの人がいなかったのだもの！　私はまめな努力を
あの人ひとりのために忍んだのだ、昼の暑熱も
いとわずに。それだけ涼しい夕方にはどんなに
元気づけられたろう！　うれしく報いられて。

日は沈んだ。手に手をとって固く結ばれ、
私たちは最後の祝福のまなざしにあいさつした。
目は目にはっきり注がれて言った。
「東から日はもどって来ますとも」と。

真夜中に星の輝きが導いて行く、
やさしい夢の中であの人の休んでいる部屋の入口へ。
ああ、私もあそこで休めるようにしておくれ！
ともあれかくもあれ、人生はよい！

Der Bräutigam

＊

つつましき願いよ、友のことばよ、
この小さき本の中に生き続けよ！

Fromme Wünsche......

解説

高橋健二

本詩集の詩は、大体、おびただしい数にのぼるゲーテの詩全体を年代順に編集したインゼル版に基づき、さらにワイマル版ゲーテ全集をはじめとし、諸文献を参照して、年代順に排列した。もちろん成立の年月の明らかでないもの、あるいは一定しないものも少なくない。従って多少の前後はあるが、一応適当と思われるところに収め、下記の注で説明を加えた。文献は直接使用した詩集と注釈書だけをあげておく。

詩集としては、

Goethes Gedichte in zeitlicher Folge 2Bde. Insel-Ausgabe.
Goethes Gedichte hrg. v. E. Boucke (Sonderdruck aus Meyers Kl.-Ausg.)
Goethe's Gedichte hrg. v. Loeper. 3Bde. 1882.
Goethes Gedichte hrg. v. St. Zweig. (Reclam)

全集としては、

Weimar 版、Cottasche Jubiläumsausgabe.

Meyers Klassiker-Ausgabe（Heimemann）及び、同 Festausgabe（R. Petsch）

注釈書としては、

Goethes lyrische Gedichte erl. v. H. Düntzer. 1896.

Schöningh と Köning の注。

なお邦訳もできるだけ参考した。各訳者には感謝の意を表する次第である。

題の代りに＊印を付してあるのは、本来題のないものである。それらの詩は、目次には便宜上、書出しの句をあげておいた。

また一つの詩の一部分だけをとったものが終りの方に少しある。それはそれぞれの場合に明記してある。このような一冊の中に多種多彩なゲーテの詩をできるだけ多く盛りこもうとすれば、省略もまたやむを得なかったのである。

一つ一つの詩についてできるだけ詳しい注を付したいと思ったが、余りに煩雑《はんざつ》なのもどうかと思われるので、簡単なものにとどめた。注の付してないものの成立期は、所属の章と前後の作品によって、容易に推測されるであろう。

原詩が長い時期にわたって作られたように、訳詩も多年にわたってなされたので、文体がまちまちであるが、それぞれに捨てがたいので、しいて統一はしなかった。もとより矛盾だらけである。だが、ゲーテも本詩集の「詠嘆の序詞」の中で「世は矛盾に満ちている。この本に矛盾があって何の不思議があろう」と言っているのを、読者は了承せられんことを。

ゲーテの詩は無数に作曲されているように、歌われるに適している。作曲されたことを注の中で一々挙げられなかった。最も多く作曲されているのは「野の小バラ」、「山々の頂に」、「空より来たりて」、「君や知る」、「恋人を身近に」、「見出《みいだ》しぬ」、「漁夫」、「ツーレの王」などである。

なお、この訳詩集は昭和十三年来「新訳ゲーテ詩集」として版を重ねてきたものであるが、新潮文庫に入れるにあたって、文句を平易にし、多少の改訂を加えた。

「わが歌に」から「そら死に」までは、ライプチヒ時代及び、続くフランクフルト時代にかけての作（一七六七—六八年）。まだゲーテの天才は現われていないが、感性と表現の豊かさは充分うかがわれる。「幸福と夢」は愛人ケーチヒェン・シェーンコップフにあてたもの。「そら死に」もケーチヒェンとの恋にちなむ。「喜び」の一編は後年の自然科学者ゲーテを思わせて興味がある。

「川べにて」は、ライプチヒ時代の詩を集めた「新小曲集」(一七七〇年)の跋《ばっ》として、一七六九年、即《すなわ》ち二十歳の時に書かれた。

「金の首飾りに添えて」、「わかれ」はいずれも一七七〇年作。

「めくら鬼」から「野の小バラ」まではシュトラースブルク遊学時代(一七七〇―七一年)の作。ゼーゼンハイムでフリーデリケ・ブリオンを恋したことを機縁とし、ゲーテ本来の叙情的天分が初めてめざめた。恋の幸福に酔う純情が流露して、みずみずしいこれらの恋の歌となった。「野の小バラ」はシューベルトを初め多くの人に作曲されているように、ヘルダーによって示された民謡の魅力をとらえている。

ヴェルテル時代は「若きヴェルテルの悩み」「ウルファウスト」(初稿ファウスト)等、天才的な作品の相次いでできた、いわゆるシュツルム・ウント・ドラング時代。

「すみれ」(一七七三年)モーツァルトの作曲で有名。歌劇「エルヴィンとエルミーレ」から。後年の「見出しぬ」を連想させる佳作。

「クリステル」から「不実な若者」(物語詩)まで、一七七四年作。

「ツーレの王」と次の詩は「ファウスト」第一部でグレーチヒェンの歌う有名な歌。

詩としても共に傑作。シューベルトの曲初め多数の作曲がある。二者とも「ウルファウスト」の中に既にはいっているから一七七四年ころ作られたであろう。

「ガニメート」（一七七四年春作）と「プロメートイス」（同年秋作）とは若きゲーテの相反する二面を現わしているので注目される。前者は宇宙や自然に自己をささげきって溶けこもうとする没我的な気もちを、後者は神に逆らう巨人主義を、いずれも格調高く歌っている。ガニメートはトロヤ王の子、美貌《びぼう》のためツォイスによりオリンプに引上げられ、永遠の若さを保ち、ツォイスに仕えている。天をめざす人間の心の象徴として歌われている。プロメートイスは地上の主として、天上の主たる神と対立されている。

「新しい恋、新しいいのち」と「愛するベリンデへ」（共に一七七五年初め作）とはリリー・シェーネマンとの恋の初期に属する。「山から」もリリーを思った詩であるが、同年の六月作。

「悲しみの喜び」一七七五年秋ころの作、感傷の極致を歌った名作。

ワイマル入りをしてからゲーテは高い地位に生活の安定を得、シュタイン夫人との愛に恵まれ、充実した十年間を送った。

「首にかけていたハート形の金メダルに」と次の詩は、別れたリリーをしのんで一七七五年十二月作る。

「旅びとの夜の歌」（空より来たりて）は一七七六年二月エッテルスブルク離宮で。

「憩《いこ》いなき恋ごころ」一七七六年五月イルメナウで。シュタイン夫人との交渉の初期。

「月に寄す」は芸術的に完成された点でゲーテの叙情詩の頂点とされる。シュタイン夫人にあて一七七七年夏作。三通りの原文がある。

「漁夫」水の不思議な不可抗的な魅力を歌って有名。一七七七年の夏か翌年一月作。

「水の上の霊の歌」一七七九年十月スイス旅行中、滝を見た印象を直《す》ぐに歌った。

「旅びとの夜の歌」（山々の頂に）一七八〇年九月六日の夕方イルメナウのほとりキッケルハーン山頂の小屋の板壁に書きつけた。三十年ほどたって一八一三年八月二十九日（誕生日の翌日）ゲーテはそこに登って、消えかかった詩句を濃くした。また二十年ほどたって一八三一年の八月、ゲーテは最後の誕生日に、この山に登って、思い出深い詩句を見出し、感慨無量、「待てよかし、なれもまた憩わん」と口ずさみつつ、涙をぬぐったと伝えられる。

「立て琴ひき」（孤独に）及び（涙と共に）は、「ヴィルヘルム・マイスターの修業時代」から。一七八二、八三年作。「歌びと」（物語詩）も同様、「修業時代」から。

「魔王」は歌劇「すなどる女」の中。一七八二年にはできていたと考えられる。

「神性」シュタイン夫人の感化に基づく。一七八一年七月ころの作ともされる。

「ミニヨン」（君や知る）、「ヴィルヘルム・マイスターの修業時代」から。ベートーベン、シューベルトを初め、多くの人に作曲されている。マイスターに対する可憐《かれん》なミニヨンの気もちを歌ったものとして余りにも有名。一七八二、八三年作。

「会合の問答遊びの答え」と次の二つの詩は一七八五年末の作、未完の歌劇のためのもの。

「ミニヨン」（ただあこがれを知る人ぞ）「修業時代」から。一七八五年シュタイン夫人に贈られた。

「コフタの歌」一七八七年、イタリアで作る。喜劇「大コフタ」のために書かれたが、後にそれから省かれた。コフタはエジプトの秘密結社の首領。

「訪《おと》ない」、「朝の嘆き」。ゲーテはイタリア旅行から帰って間もなく、身分は低いが純情な娘クリスチアーネ・ヴルピウスを愛し、良心結婚に入った。この二つの詩はその関係の当初、即ち一七八八年の夏にできた。ヴルピウスの面影《おもかげ》と彼女に対するゲーテの気もちを躍如たらしめる、ほほえましい作。

「恋人よ、おん身は」は「ローマ哀歌」(一七八八—九〇年)の八から。クリスチアーネのことを歌ったもの。

「甘き憂《うれ》い」一七八八年十一月作。「古代調に近づきつつ」の中に発表。

「このゴンドラを」から「狂える時に会い」までは、「ヴェネチア警句」(ヴェネチアにて一七九〇年)から。

「ねずみを狩る男」一七八四—一八〇三年作、発表は一八〇四年、有名なハーメルンのねずみとりの話にちなむ。

「海の静けさ」と「幸ある船路」は、シシリー島への船旅の印象を描く。一七九五年以前か。

「ミニヨン」(語れとは)、「立て琴ひき」(戸ごとに)、「フィリーネ」共に「修業時代」から。第一の詩の成立は一七八二年にさかのぼるが、印刷されたのは、後の二者ができた一七九五年。

「契《ちぎ》った人に」シュトラースブルク時代の作といわれるのは誤り。一七九五年ころ作られ、一八〇〇年に印刷された。

「恋人を身近《みぢか》に」一七九五年作。

「いつも変らなくてこそ」から「すべての階級を通じ」までは「四季」(一七九六年)

と題する警句集から。

「宝掘り」ペトラルカの翻訳に接して一七九七年作。一七九七年から九九年にかけ、ゲーテはシラーと物語詩を競作した。「伝説」、「小姓と水車小屋の娘」、「独り者と小川」等みな一七九七年のもの。この他《ほか》にも物語詩は多い。

「ミニヨンに」は初めは「修業時代」のために作ったのであろうが、その中にはいっていない。一七九七年五月シラーに送られた。

「かの一なるもの」は「バキスの予言」（一七九八年）の最後のもの。多即一のゲーテ的統一の理念を現わしている。

「リーナに」一八〇〇年版著作集の「小曲集」の終りに付せられた。「歌は読まずに、常に歌え」ということばは、すべての叙情詩のモットーとされてよいであろう。

「思い違い」は一八〇二、三年作、軽妙な小品。

「さむらいクルトの嫁とり道行き」一八〇二年作。ゲーテはこうしたユーモアにかけても名手であった。一八〇二年からまた暫《しばら》くのあいだ物語詩がたくさんできた。

「羊飼いの嘆きの歌」一八〇二年イエナで民謡によって作る。次の二つの詩も、一八〇二年、一八〇三年にできた。

「金鍛冶《きんかじ》の職人」一八〇八年旅行中、イギリス民謡にヒントを得て作る。

「花のあいさつ」と次の詩は一八一〇年八月ツェルターに作曲のため送られた。

「フィンランド調の歌」一八一〇年ころフランス訳から自由に重訳した。

「ふとんの長さに従って」から「われわれを最もきびしく」までは「格言的」(一八一四年)と題する警句集から。

「見出しぬ」一八一三年八月イルメナウへの馬車旅行中、妻クリスチアーネ・ヴルピウスを思いつつ作った。極度に単純な美しさを発揮した名作。

「かつて鳴り出でしもの」一八一五年の著作集の「小曲集」の初めにつけたモットー。

「詠嘆の序詞」右の詩と同じく一八一四年作。「小曲集」の序詩として、編集する詩人の嘆きをもらしたもの。

　最後の時期即ち老ゲーテ時代、彼は深く透徹した英知の詩人になった。従って警句風のものが非常に多い。叙情詩の最大傑作とされる「西東詩編」や「情熱の三部曲」でも、高い英知が老いてなおみずみずしい情操の中に溶けこんでいる。

「形づくれ！　芸術家よ！」一八一五年の著作集の詩群「芸術」のグループの初めにつけたモットー。一八一四年作。

「ひともとのさとうきびも」は「西東詩編」の「歌人の書」の終りの句、一八一四年作。

「みずから勇敢に」と次の二つは「西東詩編」の「格言の書」(一八一四―一九年)から。

「好ましいものは」は「西東詩編」の「観察の書」から。この詩は後半を略した。

「死せよ成れよ!」は「西東詩編」の「歌人の書」の「幸福なあこがれ」と題する詩の最後の句だけを抜いたもの。ゲーテの死生観のエキスとして著名。ロマン・ロランもこれをゲーテ的英知の精髄となしている。

「五つのこと」と次の詩は共に「西東詩編」の「観察の書」から。

「最もよいこと」と「処世のおきて」(一八一五年)は共に「警句的」から。

「知恵を」と次の二つは「温順なクセーニエン、一」(一八一五―二〇年)から。但《ただ》し、「われわれは結局何を」は「神聖な人々」ということばで始まる六行詩の終り。余り著しいことばなので注目をひくため、そこだけ引いた。

「ズライカ」(民も下べも)(一八一五年)は「西東詩編」の「ズライカの書」から。これはまだ続いている詩であるが、非常に有名な初めの二句だけかかげた。実は、ゲーテはあとの句で、「すべての地上の幸福は、恋人ズライカの中にある」と歌っている。ズライカは恋人マリアンネ・フォン・ヴィレマーにゲーテが与えた名。

「ズライカ」（東風の歌）ゲーテと相聞《そうもん》の歌を交わしたマリアンネの作った詩に、ゲーテが加筆して、「西東詩編」の「ズライカの書」に入れたもの。ゲーテの詩として通っているが、マリアンネが、ハイデルベルクにいるゲーテを恋い慕い、フランクフルトから馬車で会いに赴く途中、一八一五年九月二十三日に作った詩。

「ズライカ」（西風の歌）右の詩と同じく、マリアンネがゲーテから別れて、九月二十六日フランクフルトに帰る途中、切ない思いをつづった詩。ゲーテはわずか手を入れて、「西東詩編」に入れた。

「愛の書」（本来は「読本」）は「西東詩編」の「愛の書」から。これも終りを少し割愛した。

「真夜中に」一八一八年二月イエナで作る。ゲーテみずから非常に愛誦《あいしょう》した詩。夜の三態を幼年、青年、老年に配合して趣を示している。

「泣かしめよ」は「西東詩編」の遺稿から。一八一八年作。

「詩作を理解せんと」は「西東詩編」のゲーテの注釈のモットーとしてかかげられた。一八一九年作。

「星のごとく」と次の二つは、「温順なクセーニエン、二、四」（一八二〇—二一年、一八二三—二七年）から。急がず、休まず、というのは、活動を貴ぶ老ゲーテの最も好んだ境地。

「うぐいすは久しく」と次の一つは、「新ギリシャ恋歌」（一八二五年）と題する即興詩から。

「シラーの頭蓋骨《ずがいこつ》をながめて」初めは題がなかったので、シラーの頭蓋骨にちなむことがわからなかった。一八二六年九月シラーの骨が改葬された際、ゲーテは無二の盟友の頭蓋骨を見て感慨に打たれ、この詩をなした。

「及ばざりき」と次の二つは、「支那《しな》ドイツ四季と日時」から。一八二七年作。

「花婿《はなむこ》」遺稿から。ドルンブルクで一八二八年作。最後の一句、最も注目に値する。

「つつましき願いよ」は一八三二年三月七日、即ち死の半月前、ある記念帳に書いたもの。詩句として絶筆なので、特にかかげておいた。

（一九八九年一月、改訂版のために改稿）

ゲーテ
高橋義孝訳
若きウェルテルの悩み

ゲーテ自身の絶望的な恋の体験を作品化した書簡体小説。許婚者のいる女性ロッテを恋したウェルテルの苦悩と煩悶を描く古典的名作。

ゲーテ
高橋義孝訳
ファウスト（一・二）

悪魔メフィストーフェレスと魂を賭けた契約をして、充たされた人生を体験しつくそうとするファウスト——文豪が生涯をかけた大作。

高橋健二編訳
ゲーテ格言集

偉大な文豪であり、人間的な魅力にもあふれるゲーテ。深い知性と愛情に裏付けられた言葉の宝庫から親しみやすい警句、格言を収集。

ニーチェ
竹山道雄訳
ツァラトストラかく語りき（上・下）

ついに神は死んだ——ツァラトストラが超人へと高まりゆく内的過程を追いながら、永劫回帰の思想を語った律動感にあふれる名著。

ニーチェ
竹山道雄訳
善悪の彼岸

「世界は不条理であり、生命は自立した倫理をもつべきだ」と説く著者が既成の道徳観念と十九世紀後半の西欧精神を批判した代表作。

ニーチェ
西尾幹二訳
この人を見よ

ニーチェ発狂の前年に著わされた破天荒な自伝で、〝この人〟とは彼自身を示す。迫りくる暗い運命を予感しつつ率直に語ったその生涯。

プラトーン
田中美知太郎
池田　美　恵訳
ソークラテースの弁明・クリトーン・パイドーン
不敬の罪を負って法廷に立つ師の弁明「ソークラテースの弁明」。脱獄の勧めを退けて国法に従う師を描く「クリトーン」など三名著。

プラトーン
森　進　一訳
饗　宴
酒席の仲間たちが愛の神エロースを讃美する即興演説を行い、肉体的愛から、美のイデアの愛を謳う……。プラトーン対話の最高傑作。

リルケ
高安国世訳
若き詩人への手紙・若き女性への手紙
精神的苦悩に直面している青年に、苛酷な生活を強いられている若い女性に、孤独の詩人リルケが深い共感をこめながら送った書簡集。

富士川英郎訳
リルケ詩集
現代抒情詩の金字塔といわれる「オルフォイスへのソネット」をはじめ、二十世紀ドイツ最大の詩人リルケの独自の詩境を示す作品集。

リルケ
大山定一訳
マルテの手記
青年作家マルテをパリの町の厳しい孤独と貧しさのどん底におき、生と死の不安に苦しむその精神体験を綴る詩人リルケの魂の告白。

高橋健二訳
ヘッセ詩集
ドイツ最大の抒情詩人ヘッセ——十八歳の頃の処女詩集より晩年に至る全詩集の中から、各時代を代表する作品を選びぬいて収録する。

マクベス

シェイクスピア
福田恆存訳

三人の魔女の奇妙な予言と妻の教唆によってダンカン王を殺し即位したマクベスの非業の死！　緊迫感にみちたシェイクスピア悲劇。

夏の夜の夢・あらし

シェイクスピア
福田恆存訳

妖精のいたずらに迷わされる恋人たちが月夜の森にくりひろげる幻想喜劇「夏の夜の夢」、調和と和解の世界を描く最後の傑作「あらし」。

じゃじゃ馬ならし・空騒ぎ

シェイクスピア
福田恆存訳

パデュアの街に展開される楽しい恋のかけひき「じゃじゃ馬ならし」。知事の娘の婚礼前夜に起った大騒動「空騒ぎ」。機知舌戦の二喜劇。

アントニーとクレオパトラ

シェイクスピア
福田恆存訳

シーザー亡きあと、ローマ帝国独裁の野望を秘めながら、エジプトの女王クレオパトラと恋におちたアントニー。情熱にみちた悲劇。

リチャード三世

シェイクスピア
福田恆存訳

あらゆる権謀術数を駆使して王位を狙う魔性の君主リチャード――薔薇戦争を背景に偽善と偽悪をこえた近代的悪人像を確立した史劇。

お気に召すまま

シェイクスピア
福田恆存訳

美しいアーデンの森の中で、幾組もの恋人たちが展開するさまざまな恋。牧歌的抒情と巧みな演劇手法がみごとに融和した浪漫喜劇。

スティーヴンソン
田口俊樹訳
ジキルとハイド

高名な紳士ジキルと醜悪な小男ハイド。人間の心に潜む善と悪の葛藤を描き、二重人格の代名詞として今なお名高い怪奇小説の傑作。

スティーヴンソン
鈴木恵訳
宝島

謎めいた地図を手に、われらがヒスパニオーラ号で宝島へ。激しい銃撃戦や恐怖の単独行、手に汗握る不朽の冒険物語、待望の新訳。

スタンダール
大岡昇平訳
パルムの僧院（上・下）

〝幸福の追求〟に生命を賭ける情熱的な青年貴族ファブリスが、愛する人の死によって僧院に入るまでの波瀾万丈の半生を描いた傑作。

スタンダール
小林正訳
赤と黒（上・下）

美貌で、強い自尊心と鋭い感受性をもつジュリヤン・ソレルが、長年の夢であった地位をその手で摑もうとした時、無惨な破局が……。

スタンダール
大岡昇平訳
恋愛論

豊富な恋愛体験をもとにすべての恋愛を「情熱恋愛」「趣味恋愛」「肉体的恋愛」「虚栄恋愛」に分類し、各国各時代の恋愛について語る。

デュ・モーリア
茅野美ど里訳
レベッカ（上・下）

貴族の若妻を苛む事故死した先妻レベッカの影。だがその本当の死因を知らされて――。ゴシックロマンの金字塔、待望の新訳。

トルストイ
木村浩訳
アンナ・カレーニナ（上・中・下）

文豪トルストイが全力を注いで完成させた不朽の名作。美貌のアンナが真実の愛を求めるがゆえに破局への道をたどる壮大なロマン。

トルストイ
原卓也訳
クロイツェル・ソナタ
悪魔

性的欲望こそ人間生活のさまざまな悪や不幸の源であるとして、性に関する極めてストイックな考えと絶対的な純潔の理想を示す2編。

トルストイ
工藤精一郎訳
戦争と平和（一〜四）

ナポレオンのロシア侵攻を歴史背景に、十九世紀初頭の貴族社会と民衆のありさまを生き生きと写して世界文学の最高峰をなす名作。

ドストエフスキー
木村浩訳
貧しき人びと

世間から侮蔑の目で見られている小心で善良な小役人マカール・ジェーヴシキンと薄幸の乙女ワーレンカの不幸な恋を描いた処女作。

ドストエフスキー
工藤精一郎訳
死の家の記録

地獄さながらの獄内の生活、悽惨目を覆う笞刑、野獣のような状態に陥った犯罪者の心理——著者のシベリア流刑の体験と見聞の記録。

ドストエフスキー
工藤精一郎訳
罪と罰（上・下）

独自の犯罪哲学によって、高利貸の老婆を殺し財産を奪った貧しい学生ラスコーリニコフ。良心の呵責に苦しむ彼の魂の遍歴を辿る名作。

変身
カフカ
高橋義孝訳

朝、目をさますと巨大な毒虫に変っている自分を発見した男――第一次大戦後のドイツの精神的危機、新しきものの待望を託した傑作。

城
カフカ
前田敬作訳

測量技師Kが赴いた〝城〟は、厖大かつ神秘的な官僚機構に包まれ、外来者に対して決して門を開かない……絶望と孤独の作家の大作。

異邦人
カミュ
窪田啓作訳

太陽が眩しくてアラビア人を殺し、死刑判決を受けたのちも自分は幸福であると確信する主人公ムルソー。不条理をテーマにした名作。

シーシュポスの神話
カミュ
清水徹訳

ギリシアの神話に寓して〝不条理〟の理論を展開、追究した哲学的エッセイで、カミュの世界を支えている根本思想が展開されている。

ペスト
カミュ
宮崎嶺雄訳

ペストに襲われ孤立した町の中で悪疫と戦う市民たちの姿を描いて、あらゆる人生の悪に立ち向うための連帯感の確立を追う代表作。

幸福な死
カミュ
高畠正明訳

平凡な青年メルソーは、富裕な身体障害者の〝時間は金で購われる〟という主張に従い、彼を殺し金を奪う。『異邦人』誕生の秘密を解く作品。

新潮文庫の新刊

原田ひ香著
財布は踊る
人知れず毎月二万円を貯金して、小さな夢を叶えた専業主婦のみづほだが、夫の多額の借金が発覚し――。お金と向き合う超実践小説。

沢木耕太郎著
キャラヴァンは進む
―銀河を渡るI―
ニューヨークの地下鉄で、モロッコのマラケシュで、香港の喧騒で……。旅をして、出会い、綴った25年の軌跡を辿るエッセイ集。

信友直子著
ぼけますから、よろしくお願いします。おかえりお母さん
脳梗塞を発症し入院を余儀なくされた認知症の母。「うちへ帰ってお父さんとまた暮らしたい」一念で闘病を続けたが……感動の記録。

角田光代著
晴れの日散歩
丁寧な暮らしじゃなくてもいい！　さぼった日も、やる気が出なかった日も、全部丸ごと受け止めてくれる大人気エッセイ、第四弾！

沢村凜著
紫姫の国（上・下）
船旅に出たソナンは、絶壁の岩棚に投げ出される。そこへひとりの少女が現れ……。絶体絶命の二人の運命が交わる傑作ファンタジー。

太田紫織著
黒雪姫と七人の怪物
―最愛の人を殺されたので黒衣の悪女になって復讐を誓います―
最愛の人を奪われたアナベルは訳アリの従者たちと共に復讐を開始する！　ヴィクトリアン調異世界でのサスペンスミステリー開幕。

新潮文庫の新刊

永井荷風著
つゆのあとさき・カッフェー一夕話
天性のあざとさを持つ君江と悩殺されては翻弄される男たち……。にわかにもつれ始めた男女の関係は、思わぬ展開を見せていく。

村山治著
工藤會事件
北九州市を「修羅の街」にした指定暴力団・工藤會。警察・検察がタッグを組んだトップ逮捕までの全貌を描くノンフィクション。

C・フォーブス
村上和久訳
戦車兵の栄光
―マチルダ単騎行―
ドイツの電撃戦の最中、友軍から取り残されたバーンズと一輛の戦車。彼らは虎口から脱することが出来るのか。これぞ王道冒険小説。

C・S・ルイス
小澤身和子訳
ナルニア国物語2 カスピアン王子と魔法の角笛
角笛に導かれ、ふたたびナルニアの地を踏んだルーシーたち。失われたアスランの魔法を取り戻すため、新たな仲間との旅が始まる。

黒川博行著
熔果
五億円相当の金塊が強奪された。堀内・伊達の元刑事コンビはその行方を追う。脅す、騙す、殴る、蹴る。痛快クライム・サスペンス。

筒井ともみ著
もういちど、あなたと食べたい
名脚本家が出会った数多くの俳優や監督たち。彼らとの忘れられない食事を、余情あふれる名文で振り返る美味しくも儚いエッセイ集。

新潮文庫の新刊

隆慶一郎著
花と火の帝（上・下）
皇位をかけて戦う後水尾天皇と卑怯な手を使う徳川幕府。泰平の世の裏で繰り広げられた呪力の戦いを描く、傑作長編伝奇小説！

一條次郎著
チェレンコフの眠り
飼い主のマフィアのボスを喪ったヒョウアザラシのヒョーは、荒廃した世界を漂流する。愛おしいほど不条理で、悲哀に満ちた物語。

大西康之著
起業の天才！
―江副浩正 8兆円企業リクルートをつくった男―
インターネット時代を予見した天才は、なぜ闇に葬られたのか。戦後最大の疑獄「リクルート事件」江副浩正の真実を描く傑作評伝。

徳井健太著
敗北からの芸人論
芸人たちはいかにしてどん底から這い上がったのか。誰よりも敗北を重ねた芸人が、挫折を知る全ての人に贈る熱きお笑いエッセイ！

永田和宏著
あの胸が岬のように遠かった
―河野裕子との青春―
歌人河野裕子の没後、発見された膨大な手紙と日記。そこには二人の男性の間で揺れ動く切ない恋心が綴られていた。感涙の愛の物語。

帚木蓬生著
花散る里の病棟
町医者こそが医師という職業の集大成なのだ――。医家四代、百年にわたる開業医の戦いと誇りを、抒情豊かに描く大河小説の傑作。

Author : Johann Wolfgang von Goethe

ゲーテ詩《し》集《しゅう》

新潮文庫　ケ - 1 - 5

昭和二十六年四月二十五日　発行
平成二十二年七月十日　百八刷改版
令和七年一月二十日　百十五刷

訳者　高《たか》橋《はし》健《けん》二《じ》

発行者　佐藤隆信
発行所　株式会社 新潮社
郵便番号　一六二―八七一一
東京都新宿区矢来町七一
電話　編集部(〇三)三二六六―五四四〇
読者係(〇三)三二六六―五一一一
https://www.shinchosha.co.jp
価格はカバーに表示してあります。

印刷・東洋印刷株式会社　製本・加藤製本株式会社

ISBN978-4-10-201505-6 C0198